To Peter, Alessi, and Danny, my parents, and the over sixty-five million people who have been forced to flee from their homes.

献给彼得、阿莱茜、丹尼、我的父母，以及六千五百多万背井离乡的难民

汪 洋 缀 星

生命微光
与希望长歌

A Hope More Powerful
Than The Sea

[美]梅丽莎·弗莱明（Melissa Fleming）著
小庄 / 译

当代世界出版社
THE CONTEMPORARY WORLD PRESS

A HOPE MORE POWERFUL THAN THE SEA.
Copyright © 2017 by Melissa Fleming. All rights reserved.
Published by arrangement with The Lear Agency and Intercontinental Literary Agency through The Grayhawk Agency Ltd.
版权登记号：图字 01-2025-2556

图书在版编目（CIP）数据

汪洋缀星：生命微光与希望长歌 /（美）梅丽莎·弗莱明著；小庄译. -- 北京：当代世界出版社，2025.6. -- ISBN 978-7-5090-1934-4

I. I712.45

中国国家版本馆 CIP 数据核字第 2025WN5374 号

书　　名：	汪洋缀星：生命微光与希望长歌
作　　者：	［美］梅丽莎·弗莱明
译　　者：	小庄
出 品 人：	李双伍
监　　制：	吕辉
责任编辑：	孙真
特约策划：	生命树文化促进中心
出版发行：	当代世界出版社
地　　址：	北京市东城区地安门东大街 70-9 号
邮　　编：	100009
邮　　箱：	ddsjchubanshe@163.com
编务电话：	（010）83907528
	（010）83908410 转 804
发行电话：	（010）83908410 转 812
传　　真：	（010）83908410 转 806
经　　销：	新华书店
印　　刷：	小森印刷（北京）有限公司
开　　本：	880 毫米 ×1230 毫米　1/32
印　　张：	8.125
字　　数：	180 千字
版　　次：	2025 年 6 月第 1 版
印　　次：	2025 年 6 月第 1 次
书　　号：	ISBN 978-7-5090-1934-4
定　　价：	68.00 元

法律顾问：北京市东卫律师事务所　钱汪龙律师团队（010）65542827
版权所有，翻印必究；未经许可，不得转载。

目 录

CONTENTS

第一章　童年，在叙利亚 / 001

第二章　战争开始了 / 019

第三章　德拉围城 / 045

第四章　难民生活 / 073

第五章　流亡中的爱情 / 095

第六章　订婚 / 117

第七章　与魔鬼交易 / 133

第八章　噩梦之船 / 159

第九章　剩下的只有海 / 175

第十章　垂死之际的营救 / 201

尾声 / 229

杜娅的话 / 237

作者后记 / 239

第一章
童年，在叙利亚

A Hope More Powerful
Than The Sea

第一章 | 童年，在叙利亚

杜娅第二次差点被淹死时，正漂在险恶无情的大海中央，而她心爱的人刚刚被这片海吞噬。她冷得感觉不到自己的脚是否还存在，因为干渴，舌头已肿胀得填满了嘴巴。她是如此悲痛，若非怀里还抱着两个勉强活着的小女婴，她宁肯让大海把自己也吞掉算了。视线中看不到陆地，只看得到失事船只的残骸碎片，几个其他幸存者在祈祷救援，还有许许多多被泡得发胀、浮在水面上的尸体。

十三年前她也有过一次溺水经历，那是在一个小湖泊，而非这浩瀚大洋。那一次差一点要了她的命，但家人在场救了她，六岁的她是全家唯一拒绝学游泳的人。她怕水，仅仅是看一眼都会心生恐惧。

每回跟家里人一起到这片离家不远的湖泊游玩时，杜娅更愿意独自坐在岸上，看着姐妹和堂兄弟们在水中嬉戏、翻滚。在炎热的叙利亚之夏，戏水是消暑良方。有时候他们试图把杜娅也哄下水，但她会坚决地拒绝，并从自己的拒绝中感受到一股力量。还是个小孩子的她，就极其顽固。"没人能告诉杜娅她该做什么。"她的母亲会既骄傲又愤怒地告诉每一个人。

有天下午，杜娅正漫不经心地在一旁坐着，用手指在泥土上涂涂画画，其他人在水里玩闹正欢。有个十几岁的堂兄觉得她实在是傻，再不学游泳就要晚了，于是蹑手蹑脚地走近她，一把抓住她的腰将她拎起。杜娅又踢又叫，堂兄却不顾她的哭喊，把她扛在肩上，就往湖那边走去。她的脸压在堂兄背部上方，而两条腿正好悬在他的胸前，于是她就狠狠地踢他的胸，用指甲掐他的脑袋。然后堂兄松开手，让杜娅落到了浑浊的湖中。她惊恐万状，脸朝下扑入水面。其实湖水只不过淹到了胸部，但已经吓瘫了的她甚至无法调整双腿找到立足点。身体没往上浮，而是沉了下去，大口的喘气换来猛烈的呛水。

还好有一双手及时把她从湖里拉了出来，托到岸上，放回吓坏了的妈妈温暖的怀抱中。杜娅把喝进去的液体往外咳，一边哭一边发誓，从此以后再也不踏近水半步。

在那之前，她的世界里从来没有过什么让她害怕的东西。家人们都在身边保护着她。

六岁的杜娅回想不起来，什么时候自己曾孤身一人过。她和父母，还有五个姐妹，住在一个房间里——就是祖父的两层楼房中的一间。父亲的另外三个兄弟带着他们自己的家人住在其他房间里。每时每刻，杜娅的生活中都有亲人相伴：她挨着姐妹们睡觉，吃大锅饭，听大家兴致勃勃地聊天对话。

阿萨梅尔一家住在德拉，叙利亚西南部最大的城市，距离叙利亚和约旦的边界线只有几公里，两个小时车程就能开到首都大马士革南部。德拉所在地是一片有着肥沃红土的火山平原。二〇〇一年，也就是杜娅六岁那年，当地以蔬菜水果带来的丰盛收入而闻名，那里种植石榴、无花果、苹果、橄榄和土豆。有个说法是，德拉的物产能养活整个叙利亚。

几年之后的二〇〇七年，一场毁灭性旱灾席卷了这个国家，持续了三年之久，迫使很多农民弃地逃荒，举家迁移到其他城市，比如德拉，去找活儿干以维持生计。一些专家认为，这次大型人口迁移加剧了动荡不安，于是到二〇一一年，杜娅的生活就被大规模抗议以及接下来的武装暴动给撕裂了。

回到二〇〇一年，当时杜娅还是个小女孩，德拉乃一片祥和之地，人们生活得好好的，对国家的未来燃起了新的希望。巴沙尔·阿萨德刚刚在选举中获胜，取代他故去的以强权著称的父亲哈菲兹·阿萨德成为总统。叙利亚人都憧憬着一个更好的时代，最初，他们寄希望于年轻的总统会摈弃其父的高压统治政策。巴沙尔·阿萨德和他光鲜亮丽的妻子都在英国受过教育，他们的婚姻被认为是一种联姻——阿萨德来自伊斯兰教的少数派阿拉维派，而他的妻子阿斯玛则来自多数派逊尼派，就像杜娅一家一样。巴沙尔的政治主张是世俗化的，因此给该国人民，特别是大马士革那些受过教育的精英阶层带来了莫大希望。在他的领导之下，实行了四十八年之久的《紧急状态法》被废除，这是一项用来打击异见分子的法律，在哈菲兹·阿萨德统治期间一直有效，[①] 它的废除即意味着对言论自由的禁令得到解除。叙利亚政府曾以保护国家不受伊斯兰激进

[①] 自 1963 年阿拉伯复兴社会党掌权以来，叙利亚就一直实行所谓的《紧急状态法》(*emergency law*)。

分子或国外敌对分子的威胁之名，滥用非常时期的权力，严格限制个人权利与自由，安保部队可以几乎不按法律许可来预防性逮捕他人。①

而对于更多思想保守的贫困人群——比如德拉的那些人——而言，主要就指望经济能够得到提升改善，他们中的大多数只是沉默地接受发生在这个国家的事情。这种沉默是从一九八二年哈马市的血的教训中学来的，当时的总统哈菲兹·阿萨德下令杀死了几千市民，作为对穆斯林兄弟会②发起挑战其统治活动的集体惩罚。这次野蛮的报复性屠杀，对于叙利亚人来说依然历历在目。但新的领导人毕竟上台了，他们希望哈菲兹·阿萨德的儿子能够放宽一些妨碍日常生活的限制。然而……没什么大的改变，哈马事件后，无人再敢对权力专制者说不。

在杜娅小的时候，每逢星期六，老城区的市场——或露天剧场——都被当地居民，还有从约旦边境来的游客挤得水泄不通。人们前来购买物美价廉的各种产品，进行农具和水果交易。在通往波斯湾的主商道上，德拉吸引了该区域的各地人群，人们结队而来，或者路过时专程进行一次拜访。不管怎样，由许多数代同堂的大家庭所组成的社区共同体，以及代代相传的世交友谊，构成了德位的核心。

德拉的孩子们，和叙利亚其他地方的孩子一样，会和自

---

① 事实上，所谓的预防性逮捕（preventive arrest）意味着在犯罪之前就可以把某个人逮捕。

② 穆斯林兄弟会（Muslim Brotherhood Emblem）：成立于1928年，是一个以伊斯兰逊尼派传统为主而形成的宗教政治团体，目标是让《古兰经》与圣行成为伊斯兰家庭与国家的核心价值。

己的家人生活在一起直至成年。儿子结婚之后仍然留下，带着他们的妻子一起住在家里，共同抚养小孩。像杜娅家这种叙利亚传统家庭，往往都人丁兴旺，几代人生活在同一屋檐下，共享一栋屋宅。倘若某个家庭的人口已经扩张到第一层楼房的房间住不下了，那么他们就会再盖一层，把家往上延伸。

杜娅家的房子，底层部分属于瓦里德伯伯和阿拉姆伯母，还有他们的四个孩子。紧挨着的，是阿德南伯伯和他的六口之家，祖父穆罕默德和祖母法兹雅有单属于他们的房间。纳比尔叔叔和哈娜迪叔母，带着三个男孩、两个女孩住在楼上。杜娅一家八口人，共享一个靠近厨房的底层房间。厨房是这幢房子里最忙碌最吵闹的空间了。所有的主屋都绕着一个敞开的庭院建成，这是阿拉伯地区老房子的典型造型，孩子们跑进跑出，放学之后还没开饭就一起玩耍。屋顶上也有一个可供大家聚集的空间，炎热夏夜，他们会上去休憩到黎明将至。男人们抽着水烟，女人们家长里短，大家一起喝叙利亚甜茶。在那些热得出奇的夜里，屋顶上凉风习习，引得全家都把床铺抱上去，在星光下入眠。

每天，包括伯母叔母、伯伯叔叔和堂兄弟姐妹们在内的全家人，一起坐在庭院里共餐，围成一圈坐在毯子上，中间放着热气腾腾的食物。吃饭时，杜娅和妹妹们都会吃得非常起劲，大口大口地吃下她们自己用指尖卷起来的皮塔饼，里面裹着各种食物。

杜娅的父亲很珍惜和家人一起吃饭的时间，这是一天里唯一能和女儿们相处的时间段。吃完饭，饮下最后一口糖茶，他就要蹬着脚踏车回理发店去了，并且一直工作到深夜。

和一个庞大的家族一起，经历着生活中的爱、冲突、欢乐和悲伤，这一切影响着杜娅的每一天。在这个充满爱的家庭中，紧张感也在滋生。

* * *

杜娅出生前，她的父母已经有三个女儿了，必须生个男孩的压力一直都有。在父权至上的叙利亚传统社会中，男孩比女孩更受重视，因为人们认为男孩能养家糊口，而女孩要嫁到其他人家，重心会转移到丈夫及其家庭上去。杜娅的父亲夏科里长得非常英俊，有一头深色卷发。他从十四岁就开始学理发，在希腊和匈牙利工作过。年轻时，他计划去欧洲找个工作，娶个外国老婆，但遇见哈娜之后，这一想法就此改变。他们在邻居的婚礼上相遇时，哈娜刚刚高中毕业。哈娜身材娇小，一头乌黑长卷发，还有一双引人注目的绿色眼睛。他俩一见钟情，她发现夏科里比当地其他年轻人要更老成、更自信，而且她喜欢他穿着喇叭牛仔裤、弹着乌德琴（一种被认为是吉他前身的弦乐器）的样子。

哈娜十七岁就和夏科里结婚了。他们最初几年的生活平静而充满爱意，但事情渐渐地发生了变化。她第一次无意中听到婆婆法兹雅对他们的抱怨，是在生了第三个女儿之后。家人跟夏科里说，他该找个新老婆来生个男孩，这让哈娜很震惊。不过，要和这些根深蒂固的偏见与期待做斗争是另一回事，夏科里自己还是很为慢慢长大的女儿们骄傲的。只不过他母亲仍然持续地挑哈娜的不是，坚称他得有个儿子。这个曾经是庇护所的大家庭很快变成了争吵不断的是非之地，哈娜的妯娌们也加入了婆婆一边，对她生不出儿子这件事非议不断，闲话连连。

一九九五年七月九日，杜娅出生那天，哈娜再一次收到了来自夏科里家人假惺惺的祝福，而他们私下咕哝的却是："下一次，听天由命咯。""该生个儿子了吧。"

哈娜看着怀中这个表情沉静的婴儿，感到这个小女孩身上有种特别的东西。有一天，一个受人尊敬、有钱的家族朋友从外地赶来看新生儿，正是此人帮杜娅确立了她在这个家里的位置。因为此人自己没有孩子，对家族关系中的种种感同身受，也非常明白哈娜因为没生儿子而承受的压力，于是决定帮帮她。当全家人聚集在厨房里欢迎这位特殊的客人时，她把杜娅抱过来，小心翼翼地搂在臂弯里，非常温柔地对待她。这位客人低头看着小婴儿严肃的脸，把一个手指放在她额头上，宣称："这个孩子与众不同。"说到杜娅这个名字的含义，她还补充道："她真的是从真主那里祈祷得来的。"离开前，客人留下了一万叙利亚里拉——一小笔财富——作为给杜娅的礼物。家里的其他成员都惊呆了。这位朋友因富有而拥有异乎寻常的地位，在波斯湾国家受人尊敬。那之后，夏科里的妈妈经常会主动要求抱杜娅，很长一段时间也没有对哈娜出言不逊。

随着杜娅慢慢长大，她让每个见到她的人都感到迷惑。这个女孩非常害羞，一点也不像她那些性格外向的姐姐，人们总想把她从自己的那层保护壳里拉出来。她长得非常甜美，每次哈娜带她出门，街上的人都会谈及她那双巧克力色、睫毛长长的眼睛，以及安静的举止。"从一开始，"哈娜记得，"我们就知道她会给家里带来好运气。"

杜娅三岁的时候，她迎来了一个妹妹，萨迦。又过了两年，她六岁的时候，迎来了另一个妹妹，纳瓦拉。一时之间，"可怜的夏科里"没有儿子的闲言碎语再度迭起于街坊邻里之间。而这个八口之家也依然挤在一间不足二十平方米、只有一扇窗户的屋子里。

叔伯们家里也在添丁，这个家族越来越大。在叙利亚，大家族很常见，因为生孩子被认为是好事。对于一对夫妇而言，大家族是幸福的象征，这保证了他们年纪大了以后会受到很好的照顾。

然而二十七个人同在一个屋檐下，女人们之间的冲突很难避免。同时给这么多人做饭实在不太可能，所以给大家带来很多欢乐的共餐也取消了。这样每个小家庭就得轮流用厨房，哈娜是第一轮次的，所以每天她都要匆忙去菜市场，然后回家削皮切菜，及时供应午餐。每天三点钟，夏科里会从理发店回来休息一会儿，这一餐是这家人的主餐，对哈娜来说也重要而特别，做准备的时候既高兴也骄傲。但现在她觉得自己不得不仓促行事，试着避免和其他妯娌发生冲突。

杜娅和家人在他们的小房间里用早中晚餐，就在一块铺在中间的塑料布上。而那个房间也成了他们世界的中心，既是卧室，又是休息室和餐厅，所有的家庭活动都发生在那四堵墙之内。

随着女孩们慢慢长大，那个房间就变得很难容纳她们的生活了。到了晚上，杜娅和姐姐们取出床垫，像拼图似的，一个个找到可能的空地儿躺下来。杜娅一般会选窗边的位置，这样就可以盯着星星看，看到闭上眼睛为止。等到她们都睡着了，哈娜和夏科里必须小心翼翼蹚过那些胳膊腿儿的间隙，才能来到他们自己的角落。

对哈娜来说，这拥挤的房子里的气氛已经变得难以忍受。妯娌们总是指责她没能生个儿子。有天晚上，哈娜无意中又听到她们在厨房里议论自己，她感到自己真的受够了这一切——这些厨房里的争执、无休无止的吵闹。当晚，夏科里下班回来，看到哈娜靠在门框上，双手抱在胸前，眼泪在眼眶里打转。

"要么你给我们另外找个房子，要么你自己另外找个老婆，"她下了最后通牒，"我们没法在这里待下去了。"她走近丈夫，继续说道："现在这不仅仅是为了我，阿雅特十五岁，阿拉十三岁，她们都是少女了！她们烦透了和我们大家挤在一个屋子里，她们需要私人空间。你要是不给我们找个新房子住，我就和你离婚。"

夏科里早就注意到了越来越紧张的家庭气氛，还有小房间里一家子的不便。而十六年的婚姻生活也让他非常了解妻子，知道她说这话意味着什么。哈娜紧抿的嘴唇和激烈的怒容表明她一定会履行这个决定的。夏科里心里清楚，自己得找份薪水更高的工作，以便能搬到更好的住处。

杜娅那时候只有六岁，但也能明显感受到那种一触即发的矛盾，她不知道接下来会发生什么。有生以来，她第一次感到自己的世界并非看起来那么安全。这栋大房子仍然是她充满幸福回忆的所在：煨肉和香料的浓郁味道，在充满茉莉花香的院子里和堂兄弟们一起嬉笑打闹，在屋顶上听到的叔母伯母们的窃窃私语和抽水烟壶的噗噗声。

理发是夏科里唯一熟悉的工作，不过这次他想到了另一个活儿，就是用自己那辆黄色标致车给人从约旦往返带货。这辆"黄色潜水艇"是这家人仅有的交通工具，也是他们经常拿来开玩笑的对象。这辆车锈迹斑斑、凹痕累累，周末开出去的时候，好像总是随时要散架，但它仍然是夏科里的心肝宝贝。如今，它又成了这家人挪出现在这个沉闷拥挤之家的希望。

最后他找到了一个约旦生意人，对方雇用他去把当地产的叙利亚饼干打好包装在车里，穿过边境运到约旦。

之后的两个月，夏科里每天天刚亮就离开家，把标致车开到位于德拉的工厂，往车里装满一箱箱饼干和糕点，有时候车装得太满了，以至于几乎没法从后视镜里看到后面的情况。如果边境交通不繁忙，他用五个小时就可以完成这趟运输，然后赶回家在理发店下午班之前和家人一起吃午饭。杜娅和姐姐们喜欢他的新工作，每次父亲都会给她们从约旦带礼物回来。她们会守在门口等着吃 kubz ishtiraak，这是一种薄薄的皮塔饼，在叙利亚买不到，还有巴比牌的薯片，比家里的薯片更好吃。父亲还会给她们买外套，还有更多她们没有穿过的不同风格的衣服。

有天下午，夏科里没回家。几个小时过去了，还是没有一点消息。哈娜和女儿们很担心，因为他之前从来没有过离开几个小时而不跟她们打招呼的情况。哈娜向家里的每个人，还有邻居和朋友们求助。最后，在疯狂打了几个小时的电话之后，杜娅的阿姨拉贾从一个约旦的朋友那里听说夏科里被捕了。边境官员发现他的车超载了，超过了二百二十磅的允许载重。此外，工厂主给他的过关文件是伪造的。他现在正在约旦的监狱里。

全家人都知道，监狱里的条件是非常糟糕的，想到他要睡在拥挤的监狱地板上，挨饿，没法洗漱和活动，都担忧得不行。他们请不起律师，所以很发愁怎么去应对约旦的审判系统，这些对他们来说太复杂了。

时间一天天过去了，她们的担心在升级，不仅仅是担心夏科里的健康，她们也无法承受没有他的生活。他带回来的钱被一点点花掉了，家里又没有其他收入。这时哈娜家开始介入了，他们送来食物，拿出尽可能多的闲钱。作为穷人的阿萨梅尔家和政府的人没有什么关系，所以也找不上什么人帮忙。他们又不敢惊动当地官员，怕夏科里在约旦入狱的事情让他们知道后，会导致夏科里回来后面临更多的法律纠纷。

这家人没得到探监的允许，甚至也没法和他通电话，只能零星地通过住在约旦的熟人来得到消息，但往往是让人困惑的消息，使她们更加焦虑于他受到的处置。杜娅和姐姐们每天都哭，晚上女儿们都睡了之后，哈娜也会偷偷哭泣，担忧她的丈夫是不是还能回家。

整个大家族都加入进来了，要想法子把夏科里弄出来。在夏科里被捕四个月之后，他兄弟的朋友阿德南给了一个关系不错的约旦律师一万叙利亚里拉（相当于五百美元）来帮助他。这名律师对约旦的司法系统很熟悉，知道如果想让夏科里出来的话，需要贿赂哪些监狱官员和法官。

用这一万里拉，阿德南给管事的官员买去了最好的叙利亚橄榄油（价值为二百里拉/千克），还给法官送去了最好的肉。他说服官员，让他相信夏科里是被工厂主给骗了，他的行为初衷仅仅是为了给家里赚点钱。贿赂起到了作用,夏科里最终被从监狱里放了出来。

当那个又瘦还胡子拉碴的男人深夜走到门阶上来时,杜娅和家人几乎认不出来了,然后她们朝着他跑过去,欣喜地尖叫,伸出手臂拥抱他。整整四个月,杜娅的父亲回来了,她永远也不想让他再离开了。

夏科里被释放后,生活很快又重归正常。他每天依旧去理发店工作。哈娜仍然每天做饭。他们还是会一起梦想有个自己的家,最后,他们终于找到了一个负担得起的公寓,位于德拉房租较便宜的地段,于是夏科里带上女儿们一起搬走了。

* * *

杜娅的第二个家是一套有着三个房间的公寓,位于较不发达、保守且贫困的塔瑞克阿尔-萨德社区。夏科里和哈娜花了好几个月才找到这套昏暗肮脏、年久失修的公寓。但无论如何,再也不需要为惹人厌的叔伯和叔伯母们烦恼了,孩子们能够自由自在地跑来跑去。女儿们很快和父母一起把房间都打扫干净了,这让他们欢欣不已。杜娅的姐姐们也很快就习惯了新家。

杜娅却为这次调整而烦恼。她讨厌改变,舍不得堂兄弟姐妹们,还特别想念以前的学校。她之前花了很长时间才对老师和同班同学们打开心扉,现在又要重新开始了。在新学校,姐妹们纷纷交上了新朋友,而她还是很害羞地踟蹰不前,为了不用去上课还经常装病。不过说到底,杜娅还是一个能吸引来别人善意关注的孩子,过了一阵子,她就慢慢开始有了新朋友,也开始享受新环境的乐趣了。

二〇〇四年，这家人迎来了第一个男孩穆罕默德，小名叫哈姆迪。姐姐们都很宠爱这个弟弟，抢着去照顾。现在他们家终于有儿子了，伯伯叔叔伯母叔母们盛情邀请他们住回去，哈娜拒绝了。他们现在已经在新地方安顿下来，并要扎根于此。

但在杜娅十四岁那年，房东提出收回这所他们已经爱上了的公寓，于是一家人不得已又来了一次搬迁，痛恨改变的杜娅，再一次舍弃了现在的生活。

要用夏科里微薄的薪水去租一个新家，看起来是很困难的一件事。德拉现在有越来越多的人前来找工作，房租一直在涨。他们找了整整三个月，才找到一处比期待中还要好的住所，位于阿尔-卡谢夫社区的一套公寓，有三个房间，有光线很好的小厨房，屋顶上还爬满了葡萄藤。夏科里和哈娜用一间卧室，女孩们睡在另一个房间里，白天这个房间还会被用来做客厅。而那个时候，最大的女儿阿雅特已经结婚搬出去了。

杜娅对新家毫无期待，搬迁对她仅仅意味着和熟悉自己的老朋友老街坊们作别。只要到一个新环境，她就得花上很多力气和害羞搏斗。

她在新学校里拒绝说话，并且被留了一级。最初，她不接受任何友谊的橄榄枝。不管两个姐姐阿斯玛和阿拉如何催促她去交朋友，杜娅都不听，一副任何人也别想迫使我去做任何不想做的事情的姿态。这种害羞和超级倔强保护着她，让她去控制不熟悉的环境。她需要用很长时间才会去信任别人，才会允许别人来认识真正的她。

时间慢慢流逝，杜娅的心理防线在新环境里也慢慢松动了，她钻出了自己的保护壳。她又有了新朋友，会一起在社区里走动，还互相去对方家里一起学习，聊闲话，议论男孩们。她们经常爬到杜娅家的屋顶上——这是新家最受她喜爱的部分——去晒太阳。傍晚的时候，她们就回到屋里，一起放阿拉伯流行音乐，围着圈圈跳舞，一起跟着音乐唱啊唱。

杜娅最终接受了新的一切，但很明显，传统叙利亚女孩的生活对她来说是不够的。小时候的倔强如今在她身上变成一种想要自己去做到什么的决心。整个德拉地区社会氛围都很传统，但从电视剧和偶尔看的电影里，杜娅了解到女人们是可以学习深造和工作的，即便在本国也有这样的案例。叙利亚官方一再声称要给妇女平权，与此同时，两种势力之间的冲突也越来越大：有些人坚信女人就是要待在家里做家务，顺从父辈，照料丈夫；有些人认为女人要接受高等教育，去赢取更好的未来和选择自己想要的丈夫。杜娅最喜欢的老师是一位女性，她经常这样和她的女学生们说："你必须努力学习，成为同时代最优秀的人。多想想你们的未来，不要只想着结婚。"每次杜娅听到这样的话，就会觉得内心澎湃，发誓要打破人们对自己身份的设定，去过一种独立自主的生活。

六年级之后，男女孩就分班了，杜娅和她的朋友们会一起谈论男孩们。不过，在当地文化中，与男孩交谈是不被允许的。她们在十四岁就已经达到了传统上认为能结婚的年龄。其他女孩会一起打赌谁最早嫁人。而杜娅想的都是未来会怎样，满脑子都是能怎样帮帮家里。

除了学校和家，她最喜欢的地方是父亲的理发店。她想向他证明，自己能成为一个有用的、高效率的工人，哪怕自己不是男儿身。从八岁开始，她就会去父亲的店里帮力所能及的忙。夏科里在剪啊修啊的时候，她就在一旁扫地，而每次他刚剪完一个头，她就会无比及时地递上一条干净的干毛巾。新顾客来时，杜娅会转身去小厨房端出一杯热茶，或者是一杯阿拉伯咖啡。

每个周四放学之后，夏科里都让杜娅用电动剃须刀给自己刮胡子。看着女儿干活儿时认真的脸庞，他会忍不住笑起来，并喊她"我的专职理发师"。这个称呼给了杜娅一种发自内心的自豪感，也让她更加想要去成为一个能够给家庭提供帮助和支持的人。

另外两个姐姐阿斯玛和阿拉分别在十七岁和十八岁那年嫁人了，家里人会和杜娅开玩笑："你就是下一个咯！"杜娅会马上回应说别再继续这个话题，而且她近期也不打算结婚。一开始父母对此有些吃惊，后来他们接受了女儿想走一条和其他女孩不同人生道路的想法，有时他们也会梦想，杜娅将成为这个家里第一个上大学的人。哈娜一直为自己从未有过这样的机会而抱憾，她愿意看到女儿们实现各自的职业梦想。

有一天，当杜娅宣称她要成为一个女警察的时候，几乎惊到了每个人。"一名女警？"哈娜质疑道，"你该去做律师或老师啊！"

夏科里也不喜欢这个想法。他也不怎么相信警察。夏科里是个作风老派的人，他认为维持社会治安是男人的工作，特别是男人要保护女人，而不是反过来。但杜娅很坚持，她说要为国家服务，要成为那种人们在困难时会求助的人。

尽管父亲不同意，姐妹们也嘲笑她，但母亲哈娜却一点也没对此加以轻视。相反，她找女儿谈话，试图了解她的动机。杜娅坦言，她觉得作为女孩，自己被限制住了。为什么我不能独立地拥有自己的生活？为什么一定要和一个男人关联起来？

哈娜承认，虽然自己和夏科里是自由恋爱，但仍然为当年年仅十七岁就结婚而感到遗憾。她当年念书的时候在班里成绩最好，数学和商务课程都学得非常好。她曾经希望能继续念书并升入大学。但回到那时候，除了结婚开始家庭生活之外，女人能做出的选择非常少，但哈娜想，也许杜娅可以有不同的选择。

杜娅的阿姨邀请她去首都大马士革旅游，夏科里答应了，他希望这次旅行能够满足杜娅想冒险的渴望。然而，这次拜访反倒加剧了这份渴望。杜娅被这个繁忙的城市惊呆了，她开始想象将来自己也可以徜徉在大马士革街上，去拜访美丽的倭马亚清真寺，走在那个她梦想能去学习的大学的路上。大马士革打开了杜娅的视野，让她在头脑中开始构建一个不同的未来，不同于传统叙利亚女孩的未来。

但这些梦想很快就要变成对她的一种折磨。二〇一〇年十二月十九日，吃完晚餐、洗好餐盘之后，这家人如往常一般坐到电视机前，搜寻卫视信号以了解当天的新闻。半岛电视台正在播放突尼斯的一则轰动性事件：一个年轻的街头商贩，名叫穆罕默德·布瓦吉吉，在警察没收了他的果蔬摊之后纵火自焚了。该国糟糕的经济状况让他不得不放下身份去卖水果和蔬菜，然而这最后的一点尊严也被剥夺，于是他通过一种可怕的公开抗议的方式，结束了自己的生命。这就是被称为"阿拉伯之春"的开始。这个地区的一切都将发生改变。

包括德拉也将发生剧变，但不是以杜娅家乡的人们所期望的那种方式。

第二章
战争开始了

A Hope More Powerful
Than The Sea

第二章 | 战争开始了

一切都要从一群学生在一面墙上的喷漆涂鸦说起。

那是二〇一一年二月，德拉地区的人们目睹了整个中东地区的独裁政权纷纷受到挑战继而被推翻。在突尼斯，菜贩青年穆罕默德·布瓦吉吉的自焚牺牲，激起了那些被剥夺了公民权的青年内心的怒火。在绝望和失意的驱使下，他们以纵火烧车和砸碎商店橱窗的行为来表达反抗。作为回应，作风强硬的突尼斯总统本·阿里站出来，承诺提供更多就业机会，给予新闻出版更多自由，以及自己会在二〇一四年这一任期满之后就退休，等等。要知道，从一九八七年以来，他就在这个国家实行独裁统治至今。不管怎样，他的声明对于平息民众愤怒毫无作用。暴乱席卷了全国，要求总统辞职的呼声高涨。本·阿里宣称全国进入戒严并且解散政府，他的掌控力被削弱，原来在军队和政府中的支持者转向倒戈。于是在一月十四日，距离布瓦吉吉自焚还不到一个月，这位总统就从办公室落荒而逃，全家飞往沙特阿拉伯避难。

在阿拉伯世界,这是首次因为民众的抗议而成功地推翻了一位独裁者。在叙利亚,杜娅他们这样的家庭,惊异地看到这一切发生了,但没有人曾经想象过可以公然反抗叙利亚政权。每个人都不喜欢和这个政府有关的一些事——动不动就实施紧急状态法令,经济形势越来越糟糕。但他们已经学会了容忍这些。每个人都觉得无能为力,做不了什么。无处不在的安保机构深入到每个街坊,盯着那些"捣乱者"。大马士革的激进主义分子曾在前总统哈菲兹·阿萨德死后要求进行政治改革,结果他们全都被投进了监狱。政府以此举来恐吓那些想要对政权发表异见的人,更不用说提出要求了,直到现在都是如此。突尼斯的起义使得普通叙利亚人认识到,一切都有可能。

十六岁的杜娅,还有她的姐妹们,开始向父母传达这个地区发生的事情的一些细节,她们想知道,在叙利亚有可能发生什么吗?对于这份热情,父亲当头一盆冷水泼下来。他可不敢鼓励她们。叙利亚和突尼斯不同,他告诉女儿们,这里的政府更加稳固,在突尼斯发生的也就是一个不可复制的事件而已,至少他是这么想的。

然而接下来在埃及,在利比亚,在也门,相同的事情都发生了,抗议者们的做法有所不同,但他们都在为一个事情抗争:自由。一个人绝望的抗议在整个中东地区激起了起义的大火。"阿拉伯之春"诞生了,它激起那些不满的人心中的希望,特别是那些年轻人,而同时,它也激起了那些统治他们的人心中的恐惧。当起义席卷埃及,叙利亚人更是投以特别的关注。一九五八年,这两个国家曾合并成统一的阿拉伯联合共和国,存续长达三年之久，直到一九六一年叙利亚退出该联盟，但两国的文化连接依然非常强。因此在二〇一一年二月十一日，当埃及总统胡斯尼·穆巴拉克被迫下台的时候，很多不满的叙利亚人也在为其政权被推翻而庆祝，就好像被赶下台的是他们自己的领导人一样。

杜娅全家看着电视中的报道，当开罗塔利尔广场上成千上万的游行示威者兴高采烈地举行庆祝活动时，他们惊叹不已。他们看着电视画面传来的"真主至大"和"埃及自由了"的口号一起欢呼。

德拉一直被认为是总统阿萨德及其所领导的复兴党的坚实拥护基地，但是随着穆巴拉克的下台，私下的言论风向出现了改变，德拉的公民们开始讨论自己国家这个压抑的政权。他们想知道，谁敢和叙利亚政府对峙？阿萨德以暴力镇压异见者而闻名。也许在其他国家，普通人通过起义来反抗政权系统可以改变一些东西，但在叙利亚并非如此，对此他们非常肯定。

一群稚气未脱的青春期男孩成为最早引起注意的持异见者。二〇一一年二月末，一个安静的夜晚，受到持续很长一段时间的"阿拉伯之春"的感召，这群年轻人在他们学校的墙上喷涂下了"你是下一个，医生"的涂鸦，此处医生暗指巴沙尔·阿萨德，因为他曾受过眼科专科训练。喷涂完之后，这些男孩就跑回家了，一边笑一边互相开着玩笑，为这个他们自己认为是无害的恶作剧、一个轻微的抗议感到激动。他们感到涂鸦有可能激怒安保武装人员，但他们从来也没有想过这个小小的举动将引发叙利亚的一场革命，并且带来城市战争，而这场战争将会分裂和破坏这个国家。

第二天早上，该所学校的校长发现了涂鸦，就把警察叫来做调查，这些十五岁左右的男孩被召集起来，然后一个个被带到当地的政治安全部门接受审问，叙利亚的情报机构势力对国内持不同政见者实行了极其严密的监控。随后男孩们就被带到大马士革一个臭名昭著的情报拘禁中心，被关了起来。

杜娅一家认识这当中的几个男孩，还和他们的亲戚认识。这里基本上人人都认识，在人际关系非常紧密的德拉市，每个人都和其他人在某种程度上有联系，不管是通过联姻或者通过社团。没人能确定这些被抓捕起来的男孩子中是否有人真的参与了这次涂鸦。其中一些是被迫认罪或者指控朋友的。还有些受到指控的人，是因为他们的名字被涂在了学校的墙上，而那其实远在这次涂鸦之前就发生了。没人会相信这些孩子会因为这样一个小小的举动而受到逮捕。

大约一个星期后，这些男孩的家人去找了阿德夫·纳吉布，阿萨德总统的堂兄弟，也是当地政治情报机关部门的头头，请求他释放他们的孩子。根据无法证实的民间消息，纳吉布当时让这些家长别徒劳了，错就错在自己没把孩子们调教得有礼貌一点。据说他用来奚落侮辱这些人的原话如下："就当从来没生过他们吧，回家去跟你们的老婆们睡睡觉再生个崽子出来，要是你们干不了，就把你们的老婆带来，我们帮你们干了。"

这就是德拉人民得到的最终结果。于是在三月十八日，抗议者们冲上了街头，要求释放这些男孩。在接下来的三天，有几百人在古老的大马士革街头也开始了分阶段的抗议游行，要求民主改革，并且停止紧急状态法令，释放政治犯。他们一边行进,一边宣布这次行动的本意,齐声喊道:"和平解决,和平解决!"那一天,据说有六个抗议者被拘留。

三月十八日,大马士革、霍姆斯、巴尼亚斯等城市的人们也走上街头加入了对德拉的声援,要求释放德拉的孩子们,同时高呼"真主、叙利亚、自由"的口号

杜娅跑出了家门,看着抗议者们喊着"停止紧急状态法令!"的口号前进并要求释放政治犯,包括德拉的这些男孩。她就站在位于家门外的人行道边上,抗议者们从面前经过,离得那么近,甚至可以伸出手去触摸到这些人。游行示威队伍的活力和诉求让杜娅非常兴奋。在她目前为止的全部人生中,一直被告知的就是,叙利亚人永远不能对抗他们的政府,且必须接受所有既定的一切。但是,当站在一旁看着这些人从自己面前经过时,在一瞬间她甚至感到有一种冲动,要走出人行道去加入他们的行列,去成为将来新叙利亚的一员。突然,一件让她惊呆的事发生了,警察开始向这些抗议者扔催泪弹,并且从大卡车上用高压水枪对着这些人喷射。抗议者们尖叫着四下逃散,有人无助地倒在了地上,她的激动也变成了恐惧。家门前那条街一瞬间就变成了冲突对抗的现场,被吓坏的杜娅赶紧跑回到安全的屋里去了。

当天晚些时候,在这个小镇中心的清真寺外面,游行示威者聚集在那里,静坐,宣布他们发起抗议的星期五是一个"尊严日",并且要求释放被捕的男孩们,以及要求德拉的政府官员下台。而针对这一次聚集,清真寺的安保武装人员的应对就不仅仅是抛出催泪弹了,他们开火了,杀死了至少四名抗议者。

这就是一场战争的开端，是第一次死亡事件，这场战争将会杀死二十五万人，逼迫这个国家的一半人离开他们的故土——将近五百万叙利亚人会成为难民流落国外，而几乎有六百五十万人被迫在国内迁移。大部分德拉人将会被从他们家中驱赶出去，而学校、住家和医院将会变成一片废墟。

政府对德拉的和平游行示威人士使用武力的报道，很快成为国际新闻。而全球各有关团体也立刻对此做出反应。身在纽约的联合国秘书长潘基文，通过他的发言人发表声明，指出对抗议者使用致命武器是不可接受的，并且要求："叙利亚当权者要制止暴力，并且遵守他们有关人权的国际承诺，亦即保障意见和言论自由，这当中包括出版自由以及自由集会的权利。"

秘书长指出，他相信："倾听人民的合法呼声，并且通过包括政治对话以及真正的改革在内的种种手段来对待他们，而非采取镇压手段，是叙利亚政府的责任。"

不管怎样，对于这次事件，叙利亚政府有自己另一个版本的说法。根据他们的国家新闻机构阿拉伯叙利亚通讯社（SANA）的报道："星期五下午，潜伏的反动分子们利用聚集在德拉奥马利清真寺附近的人群，以暴力行动引起骚乱，导致私人和公共财产受到破坏。"SANA声称，这些潜入者纵火焚烧了汽车和商店，并攻击了保安部队。

然而政府的暴力并不能阻止事态发展，接下来，示威游行继续蔓延至叙利亚全国，愤怒的人们强烈呼吁改革。在该国的母亲节，也就是三月二十一日那天，SANA播放了一条新闻，援引来自阿萨德政府机关的消息源称，他们已经组成了一个委员会去调查德拉的暴力冲突,并且决定释放一部分"年轻人"。

在阿尔-萨拉亚广场上,在数千名示威者的欢呼声中,德拉的那些男孩被释放,他们拿回了衣服和背包,回到家里。但是大家的兴奋情绪很快就变成了恐惧,因为事实非常清楚,这些年轻的孩子,有的甚至只有十二岁,显然都被酷刑折磨过了。他们的背上有鞭痕,看守们使用电线来抽打他们。他们的脸上有烟头烫伤的痕迹,有的甚至指甲脱落了。关于这些孩子境况的描述,在民众里燃起了更大的愤怒。即便是在这么一个以镇压异见者著称的国度,对孩子施以酷刑仍然是不可思议的一件事。就这样,德拉男孩们成了革命萌芽的偶像,而全国上下的抗议继续扩大。

政府寄望于释放这些男孩的举措会使运动平息下去,他们派出一个高级别的谈判代表,代表总统办公室和抗议者谈话。此人提醒众人,总统已经把那些小囚徒放回去了,他也清楚抗议者们的要求。这位谈判代表还说,对那些在年轻孩子被逮捕之后煽动暴力事件的人做了调查,但确信这部分潜入者是伪装成安保部队混进去的。他补充说,阿萨德总统还派人去了那些死去的抗议者家中吊唁。

这种姿态可没法令任何人满意,随着抗议的怒火继续燃烧,政府开始以试图推翻国家的罪名逮捕游行示威者。安保武装人员也开始大规模进驻这座城市。在国家媒体的报道中,示威者们被以恐怖主义分子有关联的罪名指控,并且点名批评了一些"不法之徒",比如瑞波尔·里法特·阿萨德,他是阿萨德总统的堂兄弟,从儿童时代就流亡国外,如今成了一名叙利亚政府的尖锐批评者，还有阿卜杜勒·哈利姆·哈达姆，一位前副总统，在二〇〇五年和政府决裂，叛逃到法国，此后一直呼吁改革叙利亚政权。阿萨德甚至宣称，有境外势力试图颠覆这个国家。

在那个母亲节，杜娅的世界被永远改变了。以往每年，作为家庭传统，她和她的妈妈、姐妹们，还有最小的弟弟，会在这天一起去外祖父家吃午餐。然后参加节日仪式，一起到外祖母的坟前读《古兰经》的第一章，也就是开篇章，这对杜娅来说是很重要的一个仪式。读完开篇章之后，孩子们开始分发阿拉伯曲奇饼，这种饼上写着日期，他们还会从一大束花里取出单枝，挨个送给前来拜访的客人，然后也会得到同样的小礼物作为回报。

在那个特殊的日子里，哈娜原本的直觉是最好待在家里。在他们家门外，原本喧闹、行人和顾客熙熙攘攘的街道如今出奇地安静。只有狙击手们的交谈声，还有检查站，以及游行示威者和政府武装之间的冲突。如果要去她父亲家里，哈娜和孩子们就需要穿过市中心，而这正是冲突最激烈的地方。最重要的是，夏科里得工作到很晚，并不能跟他们一起出去。

不管怎样，杜娅并不想在家待着。她喜欢去外祖父的老房子里玩，那儿有个开满花的花园，她可以在里面跟表兄弟表姐妹们一起玩。去那儿有望见到他们大家族中将近百分之三十的人，这是一个她不想错过的场合。

"妈妈，"她坚持道，"我们每年都去的呀，干吗不做我们爱做的事儿？"

哈娜最终还是让步了，她知道如果不带女儿去，杜娅很可能就会试图自己跑去,这样留在家里担心的就是做妈的了。在整个国家动荡不安的时刻,哈娜仍然想给自己的女儿们还有小儿子一种常态的感觉。但无论怎样,正在等待他们的这段旅途一点也不正常。

哈娜认定去父亲家最安全的方式是打一辆出租车,于是他们穿上了自己最隆重的衣服,小心翼翼拎着放有巧克力蛋糕和小饼的盒子,就出发了。

一开始,哈娜倒没有怎么害怕。她、杜娅、萨迦、纳瓦拉还有哈姆迪走出家门,在大街上张望。在外面的人显得比之前还要少,但商店依然在营业。人们也各行其是。杜娅注意到邻居们依然像往常一样聚集在广场的背阳处,生意十分火爆的阿布·尤瑟夫沙拉三明治店前面依然排满顾客,而拐角处那个杜娅和姐妹们经常去买糖和薯片的店,也仍然是大门完全开着。有一小会儿,这家人几乎忘记了他们的城市正被暴力横扫,生活的平静已经被打破。杜娅在街上走着,想到就要去祭拜外祖母,并且和大家族一起过一天,不禁露出微笑。

打车过去只要十五分钟,而在往常,外面的出租车是很充足的,也非常便宜,去市中心只要三十五里拉。但在那天,几辆驶过他们身旁的车都紧闭着车窗,不管怎么挥手,也不肯停下来。最后终于有一辆车停了下来,司机摇下车窗对他们说:"二百五十里拉。"涨到了超过正常价格的五倍。他声明这是他的冒险费。哈娜被这个要价吓到了,但是,如果他们要去外祖父家就别无选择,只有给他这些钱。

他们挤进了出租车,努力不压着蛋糕,或者弄皱自己的宝贝衣服。杜娅对着后视镜理了理自己那有着鲜亮花纹的面纱，决心以最好的状态参加节日仪式。

这个年轻的司机极度紧张，呼吸声很重，而且不时扭过头看。在他们穿过德拉的军事戒严区时听到了枪响，司机简直跳了起来，这也让杜娅意识到母亲的担忧并非毫无根据。他们一次次因为军事管制路障而停下来。司机试图绕过路障，不得不走了很多回头路，他向这家人保证，一定把他们送到离目的地尽可能近的地方。

随着他们临近市中心，杜娅看到有灰黑色的浓烟从不远处一个社区升起。他们拐到了一个角落，看到警察局起火了。屋顶上冒着火，窗外在激烈地交火。浓烟的味道一直弥漫到出租车里，呛着杜娅的喉咙。警察们从屋子里面跑出来，以免被火烧着。这时，司机一脚踩下了刹车。"抗议者们放火了！"在刺耳的刹车声中他喊道。但是杜娅几乎听不清他说了啥，外头火烧得呼呼作响，街上的人群也在大呼小叫。透过挡风玻璃，她扫视了一遍外面的场景，突然看到烟尘滚滚中的抗议者们在呵斥四散逃跑的警察，朝他们扔石头。她紧紧地贴在了车窗上，试图把外面发生的事情看得更清楚一些。

"地狱之门要被打开了。"司机说话了，语气中的恐惧吓到了杜娅，"对不起了，但你们必须出去。贴着墙走免得被枪打中。"杜娅简直不相信自己听到的。司机要把他们抛弃在骚乱中心？他们自己的政府要对着他们开枪，仅仅因为这时候他们出现在了街上？哈娜极不情愿地付了车费，一家子下了车，她把哈姆迪紧紧拽在身边，女孩们团在一起。大火的热浪紧逼过来，他们只能用最快的速度往前走，小心地观察着周遭。杜娅的心脏跳得极快，与此同时，她也明白了母亲说的是对的。

情况很清楚了，游行示威者们不再手持橄榄枝、投掷石块，他们现在开始放火了，而安保武装人员也在用高压水枪、催泪瓦斯和实弹回击，他们一家子这会儿正处于交火的中心。而且是她坚持要大家来的，她是全家遇险的罪魁祸首。

随着耳畔噼里啪啦的枪炮声，哈娜抓着哈姆迪的手和女儿们一起跑起来，低着头，朝着最近的建筑跑去。他们暴露在危险之中，贴着墙，子弹在头顶横飞。他们看不到子弹从哪里来，也不知如何躲避。杜娅搞不清楚那些朝着她开枪的人是怎么回事。她也无法相信眼下正发生在身边的一切。为什么自己安静、正常的生活瞬间就发生了惊天大变？随着子弹在空中飞过，大火在街道肆虐，她的家人现在正挤作一团。她冷静地思考着如何保护家人。她知道必须继续保持前进。往回走和向前走一样危险，所以他们决定奋力向前，朝外祖父的房子走去。这时有人指出他们应该跪下来，匍匐着经过街道。"贴着墙走！"杜娅冲着在自己前面的弟妹们喊道。哈姆迪和纳瓦拉开始哭了起来。杜娅努力无视自己口中因恐惧而泛酸的味道，试着安慰他们："别怕。站起来，跑！"她知道，如果惊慌失措就更有可能没命。一家人扔掉蛋糕，站起来沿着墙壁小心移动，在主路上跑一段就撤到小巷中躲一躲。这段原来走过去只要十分钟的路程，整整花了他们一个小时。

最后终于到了亚巴西亚社区附近的房子，他们疯了似的敲门。杜娅的舅舅开了门，一把把他们拉进去，看到家人在炮火纷飞中穿行的这一幕，他的脸已吓得煞白。"你疯了吗？"等到他们全都安全进屋之后，他朝着哈娜大喊，"难道你不知道外头是个什么样子了吗？"

萨迦、纳瓦拉和哈姆迪仍处于震惊之中。他们迅速逃到后屋，那儿离炮弹声和死亡远一点，他们仍然害怕得一个劲儿发抖。但杜娅觉得她必须搞清楚发生了什么。和亲戚们打过招呼之后，她扔了一袋饼干在桌子上，跑上楼梯，来到屋顶，她知道从那里可以看到广场，也就是刚刚目击冲突发生的地方。哈娜勒令她不要上去，但杜娅未加理会。

她噔噔噔踏过剩下的台阶，猛地推开门，跑到围着屋顶边缘一圈的齐胸高的墙旁边。她呼吸急促，探身凝视墙外位于外祖父家房子前方的广场。在整个童年时期，杜娅经常在屋顶待上几个小时，看着这片环绕着商店和住家的安静广场。现在，她朝邻近区域扫视了一圈，立刻被聚集在广场上高声唱着歌的示威者们惊呆了。"我们要自由！"他们带着标语和橄榄枝，向一排黑衣安保武装人员走过去。和几个街区外的抗议活动有所不同，外祖父家对面广场上的这场示威游行是和平的。

抗议者们离她仅仅五百米，这个位置堪称完美，能观察正在进行中的游行示威。抗议者站成一排，慢慢穿过广场，这时安保武装人员开始向他们发射催泪弹。霰弹筒在空中横飞，有些抗议者在伏倒或被催泪瓦斯喷到之前就被击中了。有些人逃跑了，而另外一些人继续行进高呼："废除紧急状态法令！叙利亚人民不愿被羞辱！"许多人跪下来，在催泪瓦斯制造的窒息之中搓揉刺痛的眼睛。接下来，让杜娅感到更加恐怖的事情发生了，军官们抬起来复枪，径直用真枪实弹射向人群。她听见自己失口喊出"天哪"，然后一服催泪瓦斯的味道就扑面而来，灼烧着她的喉咙。化学品也烧伤了她的眼睛，她忍不住咳嗽起来。她扒着屋顶墙壁边缘，看着人们摔倒在地，一些人受伤，一些人根本不动了，杜娅开始觉着晕厥。即使隔着这些距离，杜娅也确信他们已经死了，看到他们的惨死，她开始抽泣。这个曾经让她想长大后成为一名警察去服务的政府，现在正在射杀自己的人民，一切近在咫尺。她意识到成长过程中被告知并相信的关于自己国家的一切都是错的。

"从这儿下来！"杜娅听到母亲在楼梯最上面惊慌失措地喊道。杜娅被烟雾和眼泪弄得快要看不见了，就跑回了楼梯。冲到母亲身边那一刻，她倒在了母亲怀里，因为催泪瓦斯的刺激而喘着粗气，同时因为震惊而颤抖不已。这是第一次，她看到有人死在她面前，而自己无能为力。她只是一个无力的旁观者。

杜娅眼含泪水，和母亲一起摸索着走下楼梯，回到屋子里。大家撤到一个卧室中缓口气，试图搞懂杜娅所说的刚刚看到的一幕。几分钟之后，外祖父上来好言相劝。他想把母亲节这个用餐仪式继续下去，于是一家人在巨大的沉默中匆匆吃完了这顿饭。但是杜娅开始吃的时候觉得一阵恶心，于是推开餐盘，就连自己最喜爱的食物也丝毫未动。在他们上甜点时，夏科里敲开了大门。他和大家一起用了咖啡和甜品，不过他坚称他们一家要在天黑前离开。尽管枪击已经结束，抗议者们也已经撤退了，但外面的氛围仍然非常紧张。"我们可以另外找一天去给外婆上坟。"这一次，杜娅没有反对。

当他们紧紧挤在一起离开外祖父家的房子，走在人行道上时，还看到了枪击地点的斑斑血迹。街上几乎没人，除了几个正把伤者抬进车里的。空气中还残存着催泪瓦斯，大家的眼睛都火辣辣淌着泪水。夏科里带着一家人走到一个邻近的热闹街区，那里好像没有被仅仅一个街区之隔的暴动所影响，然后他们打了辆车回去。

后来他们发现，游行示威者还放火烧了复兴党的总部和一座法院。而通信公司"叙利亚电信"的两个分部也被烧了，这家通信公司由阿萨德总统的表弟、亿万富翁拉米·马克鲁夫所拥有。根据目击者所述，当天有十五名示威者被打死，数十人受伤。大马士革政府希望遏制进一步的骚乱，宣称他们会调查这些人的死亡，但接下去马上甩锅指责德拉当地官员。那之后，抗议活动的规模越来越大，示威者和警察之间也爆发了更多冲突。与此同时，死亡人数在上升。在政府的暴行逼迫之下，原来的和平抵抗运动中出现了一支武装反对力量。

母亲节事件发生一个月后，哈娜和她姐姐一起去拜访了她们的一个朋友——被逮捕的男孩之一、十四岁的艾哈迈德的母亲。回到家中的哈娜浑身发抖、泪流满面。她说，艾哈迈德瘦得皮包骨头，和之前的他比起来就像个游魂。"他刚回来时，我们几乎不认识他了。"他母亲告诉哈娜。而当哈娜见着那个男孩时，他一动不动地坐着，仰头看着天空，别人和他说话，他也不会回答。肿起来的脸上满是鲜红发亮的伤口，手臂上分布着瘀痕。不仅如此，他手指被割开，指甲也不见了。他母亲解释说，作为对涂鸦行为的惩罚，有人用电缆线抽打过他的手。

随着男孩们在监狱中被虐待和施刑的说法继续扩散开来，以及抗议者的死亡人数不断攀升，有越来越多的人加入了每周在清真寺举行的抗议活动，游行示威者也在原先提出的铲除腐败和结束紧急状态法令的要求上，增加了政治改革的诉求。抗议者队伍不断壮大，抗议次数也越发频繁，与此同时，更多士兵也被派往大马士革去镇压这次运动。

杜娅听说女人是被鼓励去参加示威游行的。自从经历了外祖父家屋顶上那一幕，又听到母亲所讲的关于艾哈迈德身上的瘀伤和被殴打的痕迹，她就渴望加入游行。她的想法发生了转变。那个曾害怕改变的羞涩女孩，现在有冲动去成为革命的一部分。

有一场示威就发生在她家附近，许多来自乡村还有周边地区的人都跑来参加了。气氛很热烈。德拉人开始相信，他们可以让国家发生真正的改变。当杜娅听到示威者喊口号的声音越来越接近，她召集来妹妹们、弟弟哈姆迪和她的朋友阿迈勒、霍达，加入人群末尾的一群妇女和其他年轻女孩的行列中。杜娅很兴奋。生命中第一次感到了一种更大的意义存在，她决心在这场希望能给自己所热爱的这个国家带来和平变革的运动中担任角色。

参加的示威游行越多，杜娅的胆子就越大，她发现还有不同的方式可以为这个事业做出贡献。她在抗议行动中的一个任务是帮助那些被催泪瓦斯喷到的人，就是把柠檬挤到一块布上，然后把布遮在刺痛的眼睛上，或者把洋葱对半切开引发他们流泪，这样可以把眼里的化学物质冲走。一个最危险的任务是拿起催泪弹扔回到安保部队那边。滚烫的金属罐灼伤过她的手，她还要冒催泪弹在自己还拿着时就爆开喷自己一脸瓦斯的危险，以及有引来安保部队注意的危险，但她不在乎；她现在完全投身于革命，朋友们也开始参与进来了。

抗议活动最终变成了社交聚会，年轻人聚集在一起分享他们对未来的希望。阿迈勒和霍达周末放学后经常加入杜娅和她的妹妹们当中，也得到了她们母亲的允许。但绝大多数杜娅的朋友都被关在自己家里，焦急等待着杜娅告诉她们每次聚会都发生了什么。聊的不再是男孩、婚姻或邻里八卦，现在她们只谈论抵抗和反抗。

到了晚上，杜娅也不再看电视了，她宁肯把空暇时间花在去想更鼓舞人心的聚集口号和标语上，可以带到游行中去给其他人举着。她还用和革命旗帜颜色（红色、黑色、绿色）一样的珠子做了手链和耳环。每一个都要花好几个小时，珠子用完了，就得恳求父亲再去买一些。夏科里一开始是拒绝的，他担心做这种革命主题的饰品会给女儿带来生命危险，但最后，像一直以来的那样，他还是让步了。杜娅两个手腕都戴着这种饰品，还给了一些朋友，并告诉她们安保部队来的时候要藏在袖子下。她知道戴着这种首饰是有被抓的危险的，但她下决心要以各种方式来投入反抗事业。母亲哈娜偏执地认为会有人发现杜娅在做这种反抗小标识，然后杜娅就有可能被逮捕，于是就趁着女儿外出把她的原材料都藏了起来，不过杜娅总有办法找到，等到晚上父母都睡下了她就继续做。

"不然我就要疯了。"她向父母解释自己为什么要这么做。晚上她不能出去游行，只有男人们才可以去，她受不了自己只能坐着啥也不能做。

抗议活动离家如此之近，她能够听得到游行队伍走过时唱的歌。每一次听到，杜娅都有想加入的冲动。若是在白天，她就会穿上汗衫和夹克，把标语旗披挂在肩上，准备往外蹿。看到这身打扮，母亲会上前让她在家待着，不要出去做傻事。

"哈亚蒂①,"哈娜恳求道,"别去。安保部队会认出你,报复你的。"

但杜娅不想听话:"妈妈,我们不能坐在家里啥也不做。"

哈娜知道,如果自己试着阻止女儿出去,那么就会爆发一场家庭内部的争吵,同时在内心里,她其实是为女儿的勇气,还有她成为一场改变叙利亚的革命的一部分的决心而骄傲的,所以她还是放行了。

一天天过去,哈娜注意到了杜娅身上的一个变化。她不再害羞和胆怯,原来一直拒绝改变的她,现在开始拥抱改变。只要讲起自己那天是从哪里开始加入游行、一路发生了什么,她的热情就会充满整个屋子。

夏科里在听杜娅讲这些时很担心,为女儿感到恐惧。他听到一些流言,说是妇女被剥光了,当着家人的面遭到安保部队的强奸。还有的就索性找不到人了。这是他最坏的噩梦,每天把女儿和哈娜留在家里,自己去上班,他都会感到窒息般的焦虑。

当夏科里在家的时候,他坚持女儿们要待在屋子里,除了去上学之外。杜娅是不服从这一点的,她抱怨道:"爸爸,你告诉过我们要为自己的权利站出来,然而你又不让我们出去加入游行队伍。"

夏科里摇摇头道:"我的职责是保护你和你的妹妹们,让市里的男人们去游行吧。"他开始要求哈娜一定要确保自己不在家的时候,每个人都待着别出去。但杜娅很叛逆。她哭闹、

---

① 阿拉伯语,"我的生命"的意思。

生气、拒绝吃东西或几天不说话。待在屋子里，她感到毫无意义，不知所措。

有好几次，杜娅觉得特别焦躁，就偷偷溜出去参加游行。发现她不在家，夏科里会暴怒，但他也无计可施。最终他放弃了想把她关在屋子里不去冒险的努力。杜娅比他还要固执。

抗议活动成了邻居们每天生活的一部分。男人、女人和小孩都会一起去参加或者围观。杜娅经常撞见堂兄弟和学校里的朋友，每次见到亲密的朋友，阿迈勒或者另一个也叫杜娅的，她都会上前抓着她们的手，然后步调一致地一起唱歌、喊口号和行进。

二〇一一年三月三十日，阿萨德总统在议会上发表了一次讲话，第一次针对这场动荡的演讲，声称骚乱要毁了他的国家。当他走进议会大厅，议员们都站着，狂热地鼓掌，齐声喊口号："真主！叙利亚！巴沙尔！"当晚杜娅在晚间新闻上看到了关于演讲的报道，她还保留着一线希望，以为总统会对抗议者们的要求做出妥协。然而事实正好相反，当他提到发生在德拉的死亡，他把这些称作孤立事件，一个"错误"。他指出，每位公民都在抱怨这些事情，而他的政府正在着手解决这些问题。但是现在，他警告说，"阴谋家们"正在推进一项"以色列议程"，而这影响到了去到街上的有信仰的人。他把那些阴谋背后的势力叫作"外国代理人"，并断言阿拉伯卫星电视频道也是阴谋的参与者，因为它"在改革的假象下制造混乱"。他确实也声称自己可能会考虑改变这个系统，但要在国家恢复稳定、经济有所改善之后。他还称，那些媒体传播给受众的政府武装镇压平民的视频和照片是假的，并且发誓，不会向那些他认为是恐怖分子的人提出的要求做出妥协。这时候，在旁边看着的首相喊出了"真主，叙利亚，巴沙尔"的口号，以示同意。

杜娅在看转播的时候都被弄糊涂了。阿萨德讲的"恐怖分子"是指她的朋友、家人和邻居们吗？我们不是恐怖分子！她对此非常坚定。但是当提到德拉街头那些被扫射的手无寸铁的示威者时，阿萨德表示"出现了失误"，并称"也不是所有参加示威的人都是共谋"。他也没有谴责安保武装人员的野蛮镇压。在那一刻，杜娅明白这场斗争还只是开始，而她的国家将会陷入分裂。

这次议会讲话之后，局势持续动荡，席卷整个叙利亚，大马士革、霍姆斯、杜马和拉塔基亚都爆发了抗议活动。形势一度看起来相当有利于反对人士，因为叙利亚人都站在了政府的对立面。受此鼓励，抗议者们发誓他们将会继续游行，直到政府答应他们的要求。接下来，令他们吃惊的是，四月二十一日，也就是涂鸦事件发生两个月后，阿萨德总统在电视上宣布，废除自一九六三年以来一直在施行的紧急状态法令。

对于反抗运动来说，这个让步太微不足道了，也来得太晚了。仅仅是废除这项法令已经完全不够，人们现在的注意力放在政治体制改革上，但他们很快就意识到，阿萨德总统正在推起自己的变革——以对抗恐怖主义为名，用一个新的系统取代了他从父亲那里继承来的系统。阿萨德更改了法令，这样一来，任何人只要其行为被看作是对国家形势有害，冒犯了统治党或其领导人，或者任何人只要参加了示威游行或持有武器，现在就会被以援助和煽动"恐怖主义"的罪名起诉。

作为对其如此压制以及滥用权力回应，抗议升级了。第二天，这天后来被命名为"伟大的周五"，全国上下有超过二十个城镇同时爆发了示威游行。安保武装人员再一次动用了催泪瓦斯和荷枪实弹来镇压。

在德拉的大街上，抗议者和政府士兵之间的对峙越来越激烈，但这没有震慑到杜娅，她还是继续往外跑。一天傍晚，杜娅、纳瓦拉、阿雅特和萨迦正跟着游行队伍一路往下，安保武装人员突然出现了，举起枪向人群走过来。大家都知道接下来会发生什么——催泪瓦斯、打人，可能还会有人死去。人群立刻惊慌失措，尖叫，向着不同方向跑开。混乱中杜娅和妹妹们走散了。但在四散逃跑中，她听到有人——游行的组织者之一——在后面对着她喊。

"把扩音器和鼓藏起来，"他一边喊着，一边把东西推向她，"如果我们和这些东西一起落到他们手里，我们会坐牢的！"任何人只要被抓到携带和示威游行有关的抗议物品，都会被归为帮助恐怖分子的人，或被当成恐怖分子。

杜娅一把抓过鼓和扩音器，毫不犹豫地就把它们藏到了长袍下。这些天，因为夏科里要求，如果一定要上街的话，姑娘们就得穿上阿拉伯式长袍，用长长的黑衣服把自己从头包到脚。穿着这种衣服的女人更不容易引起注意，看上去也和其他街上的女人差不多，这样也是对杜娅和她妹妹们的一层保护。一开始，杜娅拒绝这么做——她讨厌这又热又没有任何轮廓可言的服装，把自己的个性都遮蔽了。但无论如何，那天夜里她倒是很感激这层外衣。黑袍遮住了鼓和扩音器,这样就可以把它们带到一个安全的地点。她的家在两条街区之外,所以她转向家的方向。

也就刚走没几步,两辆车在她面前急刹车停了下来。一辆上面挤满了抗议者,另一辆是追逐他们的安保武装人员。就在警察跳下车逮捕抗议者时,杜娅意识到自己有麻烦了。如果他们抓到她并发现了鼓和扩音器,她就会被逮捕,甚至更糟。她努力保持镇定,匆忙地扫了一遍周围,看到有一处修了一部分的废弃建筑正在身后,于是向着那里跑过去。

安保部队正在一心逮捕抗议者,没注意到她。所以杜娅逃到了二楼的一个空房间里,躲到一根柱子后面,心还在怦怦跳。她在那里无声地等着,试着让呼吸平静下来。但过了一小会儿,警察也钻进了这建筑里搜寻示威者。杜娅屏住呼吸,动也不敢动。她嘴唇发干,胸膛绷得紧紧的,指头发痛,抓着扩音器和鼓的手臂一直在颤抖。如果它们掉到地上,她肯定会被抓住。杜娅开始祈祷真主给予自己力量。

无比折磨人的几分钟过去了,她听到警察们离开这栋建筑,转回收拾示威者剩下的东西。杜娅呼出一口气,把鼓和扩音器放下,让发疼的手臂得到休息。从里面她看到警察在搜附近的商店和餐馆,继续抓人。最后,杜娅再也看不到警察了,她才拿起鼓和扩音器回到街上准备回家。就在踏上人行道的那一刻,她意识到自己犯了个错。有个安保武装人员并没有走,就待在这所房子外面,离她藏身的地方只有一百米远。他立刻看到了她并冲了过来。

"抓住她!"他指着杜娅大叫,"她也是搞抗议的!"

杜娅吓得使出吃奶的劲儿跑起来。不仅仅因为身上还带着鼓和扩音器，独立小旗帜还挂在她肩上呢。如果被抓到的话，她就只能被逮捕了。她飞快地绕过一个街角，暂时躲开警察的视线，然后使劲地敲自己看见的第一扇门。

"让我进去，"她对着门的罅隙喊道，"请让我进去，不然他们会逮捕我！"

门开了，就好像真主也听到了她的请求。一个和她母亲年纪相仿的人抱住她，并很快地把她拉了进来，在枪声中关了门。她带着杜娅冲到了后屋。

"现在把你的衣服换掉，就在这儿，穿上我女儿的袍子和不一样的面纱。如果他们来了，我会说你是我女儿。"

但杜娅没有这么做。她不想待太久，也不想给这个女人带来危险。她坐在房间的角落里，孤单一人，瑟瑟发抖，直到外面的枪声都平息下来。每过几分钟，这个女人都会进来看她一下："在这儿待到晚上，我的女儿，然后就可以安全回家了。我们能帮你把东西再藏一天。"

又过了一个小时，天完全黑了，谢过这位救命恩人后，杜娅知道自己必须回家了，她试探性地打开了前门朝外走。警察依然在街上巡逻，但因为把独立旗给拿掉了，穿着长袍的杜娅看上去没啥可疑。他们看到的不过是一个普通叙利亚女孩，谨慎地低着头在走。家离藏身之处不过几步路，离安全之地很近，杜娅以最快的速度走着，又尽量不引起注意。这时候，她看到大姐阿雅特正站在外面。

"杜娅，"阿雅特老远就叫起来了，"你去哪儿了？我们都给你愁死了！"

第二章 战争开始了

警察开始向她们走来，杜娅看到他们好像突然对自己有了兴趣，非常害怕他们会认出自己。她赶紧冲向房子，冲到阿雅特旁边的时候，她抓住姐姐的手臂。

"你赶紧住口！"她眼睛朝下盯着姐姐，"你把他们都引过来了。"那几个人现在正盯着两个女孩，用手指着她们。杜娅和阿雅特继续朝房子走，刚到门口，哈娜就把她们拽进去，把杜娅紧紧抱住。其他姑娘都回来了，唯独杜娅一人不见了，她担心得不得了，怕女儿已经被逮捕了。

接下去，全家人都围着杜娅，听她讲发生了什么。弟妹们对她的勇敢印象深刻，而哈娜也松了一口气，没有生气。

"我的宝贝，"哈娜把杜娅抓过来，抚摸着她的头发，"我知道你很勇敢，但你依然是个女孩，天知道他们抓住你后会对你做什么。你一定要当心。"

杜娅转向父亲，希望他也会像母亲一样拥抱她，但他站在那儿，握着拳头，脸因为愤怒而发红。杜娅又朝他走了一步，然后停了下来，看出了他身体语言中的怒气。夏科里不是一个喜怒形于色的人，但一旦表现出来，就会很吓人。她此前没在父亲眼里看到过这样的愤怒。杜娅意识到自己这次有点过分了。

"我禁止你再参加任何一次游行！"他怒吼道。

萨伽和纳瓦拉畏缩到后面去了，同时担心地看着杜娅。她充满挫败感地哭起来，哈娜上前试着让她情绪平静下来。但夏科里下定了决心，他非常害怕杜娅以后的行为会导致她被抓起来。有传闻说，有女孩因为跨出了戒严线，并且不服从规定而遭到了强奸，并且是当着自己父母的面。还有一些妇女被抓起来之后就失去了音信。夏科里决定把杜娅关在房间里,这样能阻止她上街、防止她冒险。这是杜娅出生以来第一次,父亲扔下了流泪的她转身走开。"我就说这最后一句了。"他斩钉截铁地说。

尽管倔脾,但内心深处,杜娅仍然是一个传统的叙利亚女孩,她知道什么时候必须服从父亲。她知道她这次无法逃避,所以她不情不愿地留在了屋子里,但是这种顺从不会持续很久,她依然惦记着窗外的革命。

第三章

德拉围城

A Hope More Powerful
Than The Sea

第三章 | 德拉围城

二〇一一年四月二十五日，这是个星期一，一如往年任何一个其他明亮的春日那般开启了。杜娅爬到楼顶上挂一家人的衣服，这是个家务活儿，但因为可以一边干活儿，一边和最好的朋友阿迈勒聊天，所以她一点也不介意。阿迈勒家的屋顶阳台和杜娅家的正好毗邻相对。这也是一个绝佳的好位置，给了她看邻里来来往往的机会。

那天早上，她用一边臀部推开屋顶的门，同时让装满刚洗过的衣服、披肩和衬衫的塑料篮子保持平稳。太阳暖洋洋地照在她的脸上，一阵凉爽的微风弄皱了她的面纱。她把沉重的篮子往上提了一下以抓得更紧，这时候听见了一个低沉的隆隆的声音。她吓了一跳，放下篮子，冲到墙边往外看。从第四层楼能清楚看到对面街道的阿尔－卡谢夫面包店，还有附近孩子们玩耍的人行道。但现在，那边不再是熟悉的宁静，她看到的是人们四散逃跑，惊慌，害怕。从这个方向，可以看到有巨大的黑块在向着城市推进。为了有更好的视角,她朝墙外倾出身子。随着这些黑块进入视线,她认出那是军用坦克,在街上慢慢朝着她的房子驶来。巨型车辆的重量似乎碾碎了街道的表面,她能感觉到屋顶在脚下颤动。在坦克旁边,她还看到数百名荷枪实弹的士兵正在行进,军用直升机在头顶盘旋,响亮的螺旋桨声淹没了城市的日常声息。

杜娅紧紧抓住屋顶的墙壁,感觉粗糙的混凝土在咬她的手。一种恐惧的感觉使她感到恶心,因为她想起了以前听过的关于哈马市的故事,以及三十年前那里发生的事情。哈菲兹·阿萨德总统曾镇压起义,并命令他的部队包围那座城市。据估计,有一万到四万人在这次包围中丧生。哈马大屠杀在叙利亚是一个警示故事,紧急状态法令也是从那时开始加强,用来镇压持不同政见者……

看着坦克驶入城市,杜娅感到恐惧,她不禁猜想,巴沙尔·阿萨德总统会跟随他父亲的脚步,屠杀任何胆敢挑战他权威的人。

当杜娅趴在屋顶墙上,目睹坦克隆隆进入城市之时,她的父亲正在理发店里工作,而母亲正出去探亲。哈姆迪和女孩子们在房子前面的街上玩,杜娅的大姐阿雅特带着自己的两个孩子在外面观望。他们都恰好身处坦克和武装人员逼近的那条路上。

杜娅一口气冲过屋顶,爬下楼梯,跑到前门,大声警告她的兄弟姐妹们。"看在主的份儿上,快进屋!"她尖叫道,"你们都会被杀死的!"她抓住哈姆迪的胳膊,把他拉进屋里,姐妹们也跟进去了。阿雅特又怒又不解,抓住两个小男孩,跟着他们进去了。

"你疯了吗?"阿雅特叫道,"你怎么了?发生什么事了?"

杜娅把阿雅特推到窗户前,让她朝街上望去。"这就是正在发生的事情!"她指着那儿说,"他们要把我们通通干掉!"

随着坦克逼近房子,它们看起来更加具有威吓感。杜娅可以看到身穿黑衣的男人们的轮廓,他们高高地站在枪手舱口,脸上裹着盔式头套以隐藏自己的身份。他们的枪支好像都直直冲着杜娅的房子和家人。

按捺住恐惧,杜娅跑去给母亲打电话,但没得到回应。绝望的她一遍又一遍按下重拨键,但只有铃声一遍遍响。父亲没有自己的手机,理发店里也没有电话。所以,她只有不停地拨母亲的号码,目不转睛地盯着手机,似乎这样做就会让母亲拿起电话。

当士兵们穿行过小镇,各种惊慌的念头开始在杜娅的脑子里泛滥,阿雅特的孩子们开始哭泣。我的父母在哪里?他们安全吗?如果他们不回家怎么办?杜娅恐惧地想着。大家挤在离街道最远的里屋,兄弟姐妹们抱成一团。她讨厌无助的感觉,但面对门外的威胁,她做不了任何事情来保护家人。

时间好像过去了几年那么久,母亲突然冲进门。虽然只在离家几分钟远的地方,但花了一个多小时,她才坐着出租车穿过各个检查点回到家里。她看起来筋疲力尽,眼中满是担忧。她的眼睛飞快地扫了一遍,从阿雅特和外孙们,到哈姆迪,到杜娅、萨迦和纳瓦拉,确认每个人都是安全的。哈姆迪朝她跑过来,她跪下来把他搂到胸前,其余的女孩们用手臂绕成一圈围住了母亲。"外面看起来像世界末日。夏科里在哪里？"哈娜喘着气问，扫视房间时注意到丈夫不在。

这家人害怕发生最坏的事。夏科里会在接连发生的混乱中被抓住并且关进监狱吗？大家等了几个小时，透过前窗向外望着街道，想尽可能看得远一点。杜娅试图说服自己，父亲只是在检查站被拖延了，就和之前母亲的情况一样，但担忧一直咬噬着她。终于，女孩们透过窗户瞥见，父亲弯着腰，推着自行车，匆匆往房子这边走来。他通常整洁的衣服变得皱巴巴的，黑头发被汗水浸湿。哈娜冲过去，给他开了门。一进屋，夏科里环视着房间，就像哈娜刚做的那样，算着人数，直到看到全家人都安全才放下心来。家人聚集在他周围，他告诉家人，在镇上几个主要位置看到了士兵，他们正准备马上发动攻势。夏科里瞥了一眼阿雅特和她的孩子。"你们回家太危险了，得在这儿过夜。"

外面的天已经暗下来了，杜娅走过去开灯，想要让屋子里亮一些，但灯没亮。她又试了两盏灯，才意识到断电了。接着哈娜去厨房沏茶，但水龙头里只有几滴水落下来，自来水也停了。困惑中她回到客厅，把哈姆迪抱到膝边，杜娅、萨迦和纳瓦拉也聚集在旁边，盯着窗外。他们担心地看着，外面那些士兵似乎准备驻扎上一阵子了，他们靠着坦克站着，而坦克就停在门外。这家人慢慢意识到，这形势持续的时间，可能比自己预想的要久得多。

夏科里把电池供电的收音机打开，收听新闻以了解更多情况。

德拉被包围了，播音员宣布。军队被派去铲除企图破坏国家的恐怖分子。

听完这条新闻，这家人心头立刻被乌云笼罩起来，他们开始盘算，这将如何影响自己的日常生活。

那天晚上，其他人都已经睡着，杜娅却难以入眠，心头有种挥之不去的感觉——某种可怕的事情即将发生。她尽可能安静地躺着，听着身旁萨迦和纳瓦拉的沉沉呼吸声，伴随着外面士兵们大笑和叫喊的回声。最后，她慢慢睡着了，却被四点三十分的闹钟铃声吵醒，这是为了提醒晨祷而设置的闹铃。她把手伸向闹钟，正当手指按下按钮来关掉铃声时，几个在断电时打开的灯亮了。一定是在闹钟响的时候恢复供电了。杜娅有点搞不清楚怎么回事，她在床上坐了一会儿，想让脑子清醒起来，这时突然听到尖叫声和枪声在街上接连响起。这些令人不安的声音惊到了她，杜娅冲到窗口，发现有人在街上跑，而坦克在移动。阿雅特也走到她边上，很快，全家人都聚集过来，恐惧万分地看着安保部队开始强形闯入人家的房子。男人们和一个只有十一岁的男孩都被包围起来，被迫把胳膊放在背后，低着头走路。士兵们把他们塞进汽车里，对他们大喊，说他们是恐怖分子。

被眼前的一幕吓得发抖，杜娅一家人决定从《古兰经》里寻找安慰。他们强迫自己远离窗户，聚集到起居室里，一起做晨祷，因为他们意识到，围困不会很快结束。

那天早上晚些时候，哈娜开始计划用厨房里的东西让家人撑下去——一些剩下的奶酪、酸奶和冰箱里的沙拉，还有她放在橱柜里的一点果酱、腌菜、橄榄，以及一些蔬菜罐头。她找到了一袋大米，但想起来他们并没有水来煮饭。最重要的是，阿雅特和她的孩子还不能回家，所以这一点食品还要拿来多供养三个人。经过盘点存货，哈娜迅速决定，接下来，全家每天都只能享用一份小小的午餐，直到他们能再次离开房子，去收集更多的食物。

每次午餐，哈娜都尽力把非常少的食物做到最好，全家人共享一个玻璃杯中的水，每人只能呷一小口，这是从他们房子里仅剩的包装饮用水里倒出来的。晚上断电期间没法看电视，他们就一起坐在烛光下，轮流读《古兰经》。他们经常从库尔西经文开始，这一段是请求主在夜里保护他们。

等所有的蜡烛都用完了，他们就只能坐在黑暗中，蜷缩着在沉默中倾听外面的枪声、爆炸声和尖叫声。有时甚至会听到子弹击中他们房子的墙发出的反弹声。每天晚上他们都饿着肚子上床，不知道这种监禁还要持续多久。

一个星期过去了，他们与外部世界的联系，仅限于穿着制服和泥泞靴子的武装人员猛敲和踢他们的门，要求进去搜查房子。这种令人不安的侵扰仪式每天多达三次。每次都是夏科里上前开门让这些人进来，他为了保护家人，采取了合作和顺从的方式。有时，士兵进了家，用枪指着他们，一次指着一个家庭成员。"我们在找恐怖分子。"他们说。那说的是我，杜娅心想，她知道只要参加过游行就会被国家归类为恐怖分子。她确信他们知道她和她的姐妹们参加过游行，试图吓唬她们招认。

有一次，一个士兵直接看着杜娅说："想要自由，你们这些狗？我们会给你自由的。"然后他和手下开始扫荡家里的各种架子，把书架推倒，把花瓶和其他装饰品都打碎。然后进到厨房里，把最后一瓶珍贵的橄榄油和剩下的存储水果蔬菜的罐子打翻，把所有东西都砸到地上。这家人被留下来收拾残局，为如何生存下去而烦忧，因为几乎所有的储备都没有了。

还有一次，在搜索过程中，士兵拿走了杜娅的手机，检视里面可能涉及她参加示威游行的照片或视频。还好她曾受到过警告，拍下示威游行的照片可能会导致受牵连，所以她明智地避免记录自己的参与过程。

有个士兵甚至用枪指着哈姆迪，他当时只有六岁，吓得发抖，哭了起来，紧紧抱住母亲。哈娜吓坏了，士兵们可能在搜其他小男孩，没准儿就把他给抓去了。她用手臂挡住他，祈祷士兵们会放过他。当士兵们终于离开了房子，得到解救的哈娜简直要虚脱了。但每一次只要房子又遭到搜查，就会令人又要担心有人会被带走。

一天，一群士兵刚搜刮完财产，离开他们的房子，杜娅关上门，这时另一群人突然又推开门要进来。一个士兵用步枪顶住她的腹部，把她推倒在地。

"你为什么当着我的面关上门？"他对着杜娅大喊大叫，一直用枪顶着她的腹部。

杜娅躺在那儿一动不动。"你们的人已经来过了，"她抬头望着他说，"他们刚刚搜了一遍。"

几秒钟后，他放下了武器转向夏科里。"带我上你们的屋顶。"他命令道。他坚持要这家人在他前面上楼梯，这样如果叛军在楼上等着伏击士兵的话，这家人会先被射中。夏科里走在最前头，其他家庭成员挤在他身后上了楼梯。杜娅瞪着眼睛，目光越过母亲的肩膀，看着士兵的脸，觉得自己要气炸了。这是她的家，她的家人。士兵有什么权利把他们差遣来差遣去，威胁他们？她讨厌看到她骄傲的父亲被迫服从这些恶棍，只能使劲咬着自己的脸颊内部，以防忍不住开口骂他们。士兵们很快发现屋顶上什么人都没有。第二拨人离开房子后，杜娅松了口气。一家人又渡过了一次劫难。

每一次被搜查时，夏科里都担心士兵会绑架女孩。所以他让杜娅和她的姐妹们睡着的时候也穿着长袍，这样就将自己完全处于掩盖之下，哪怕是半夜突然被搜查。这么做成了规矩。他也给女儿每人一把刀作为保护。"任何男人靠近，就刺他。"他告诉她们，还教她们在搜查期间也把刀藏到长袍下。

在父亲给她们刀之后的那天晚上，杜娅叫来她的姐妹们一起起了个誓。"如果有士兵想强奸我们，"她低声说，不让父母听见，"我们必须准备自杀。我们不能遭受这样的耻辱还活下去。我们的荣誉是我们仅存的东西了。"十三岁的萨迦和十岁的纳瓦拉握住她的手，坚定地点头同意。

不久之后，士兵们来到家里搜查后屋，杜娅和家人坐在那儿。其中一个士兵二十出头，一头蓬乱的黑发。他瞅着杜娅的眼神让她觉得很不舒服，处于这种注视下很难受。虽然夏科里曾示意过她们在搜查时保持沉默，不要和任何人起冲突，但这次杜娅无法控制自己。她瞪了回去，毫不掩饰眼里的厌恶和愤怒。

"你为什么那样盯着我？"这个士兵问道。

"我是个自由的人，"她大胆地回了一句，脸气得铁青，"我可以做任何我想做的。"杜娅知道自由这个词将激怒他。

他果然恼了，要求看她的身份证。

"我没有。"她承认。

"还没有？为啥没有？你多大了？"

"十五。"

"那你怎么还没有身份证呢？"

"我试过。我在政府登记处申请了身份证，但他们拒绝发给我。"

听到这个士兵大笑起来："那你为什么不去为这个示威呢？"

杜娅由此知道，她参加过示威这件事已经不再是秘密了。明白这一点后，她感到心脏在胸膛里跳得厉害，但她拒绝表现出害怕。"是的，也许我会去。"她脱口而出地答道。

士兵眼睛里掠过一丝怒火，他举起枪警告她。"别顶嘴。"他命令道。

全家人都恐惧得僵掉了，等着这个士兵爆发，但盯了杜娅一会儿之后，他终于放下了枪，转身向门口走去，离开的时候还不忘嘟囔："你最好小心点，别忘了，我们正看着你。"

门在他背后"砰"的一声关上了，哈娜发怒了："永远不要那样和士兵说话！你这是把自己置于危险之中！"

"你把我们都置于危险之中！"夏科里也怒不可遏地站起来警告杜娅，"从现在起，不管他们什么时候来，你都不准说话。"

杜娅太震惊和愤怒了，以至于无法开口回答。她甚至不愿意点头表示认错。相反，她只是低着头，叛逆地盯着地板。内心深处，她很高兴自己违抗了这个士兵，但也知道不能对家人承认这一点。当天晚些时候，妹妹们低声对她说，她们佩服她的勇气，同时也表达了不解：为什么害羞的她会成为这样的人？她感到自豪。

五月五日早晨，围城开始后第十一天，哈娜站在空空如也的食物柜前，为现在怎么养活一家人而发愁。突然，她听到窗外传来一个刺耳的扩音器的声音。她不敢开窗，因为这是围城的规定，全家人只好尽可能靠近窗口，才能听清正从附近开过的警车的喇叭声："今天，戒严，从早上七点，到下午一点，你们必须待在家里。下午一点到下午两点，妇女们可以离开自己的房子去买食物。所有离开房子的妇女都要接受搜查。戒严将于下午两点重新开始。"围城已经解除了，哪怕只是暂时的。

哈娜松了一口气，她唯一想到的是，可以把食品带回来拯救这个饥饿的家庭。但夏科里被这个消息激怒了。在伊斯兰教国家，触摸女人被认为是不可接受的。他觉得搜查女人的命令是为了刺激德拉男人，让他们绝望，这样好控制这里的人。

"我绝不会让他们把手放到你身上来，只要我还活着。"夏科里忧心忡忡地说，不让哈娜离开。但她很坚决。孩子们在一天天变瘦，阿雅特两个年岁尚小的孩子因为饥饿而不停地哭闹。

"我们必须养活一家人。家里啥都没有了。"哈娜望着丈夫的眼睛，轻轻地恳求道，"如果我必须承受被搜身的侮辱，我也愿意。"

看着满屋虚弱的家人，夏科里勉强同意了。

当哈娜终于走出家门，她发现附近完全被士兵、坦克和武器占据了。在离屋子几百米远的地方，一百多个军官围坐在堆满食物的桌子旁边。她意识到，在她的家人和其他德拉市民快要饿死的同时，士兵们就在他们的门口大吃大喝。

哈娜试探性地准备穿过街道去面包店。但走了几步，她就感到了重压。就好像突然之间街上的每个士兵都在盯着她看。处于被搜查的恐慌之中，哈娜不敢再往前走。她在街上发抖，很快便决定回到她安全的家中，于是又匆忙进到屋里。

片刻之后，有人敲门。夏科里应了门，打开了一条缝儿。

"刚刚离开这所房子的女人是谁？"一个男人的声音从门口传进来，"我想和她谈谈。"

夏科里叫出了哈娜，她走到门边，发现一个身材高大、表情严肃的将军站在那里，身体一侧扎着一把机枪。

"是我，将军。我想给我家人买面包。"

"那你为什么突然回去了？"

"我太害怕了，将军。"哈娜恭敬地垂下眼睛，"街上男人太多了。"

听她这么说的时候，将军眼里流露出一丝同情，他的声音变得柔和了："我坚决认为你该去给家人买食物。但你需要现在走，这会儿没有狙击手。他们从不在中午到下午四点之间出来。"

哈娜和夏科里惊呆了，这个人似乎在帮助他们。"谢谢你，将军，谢谢你。真主与你同在。"哈娜回答道，然后拿过她的购物袋跟着他往外走。他回到了自己的士兵队伍中，但目送着哈娜走进商店，然后拿着分配给她的六个面包出来。当她在回家的路上经过他身边时，他有礼貌地问："有人打扰你吗？"她摇摇头，眼睛保持低垂。"好，"他说，"现在你该回家了。"

哈娜快步向家里走去。回到厨房，她评论说："还是有人有人性的。"她打开面包，一家人聚在一起，享用了一次简单的盛宴。

　　围城仍在继续，杜娅的家人慢慢发现，许多年轻士兵并不想伤害他们。特别是其中四名——皮肤黝黑、英俊的阿里，绿眼睛的巴哈，矮个儿、孩子气的尼禄，高大的阿卜杜勒·阿齐兹——他们驻扎在这所房子附近，总是善待这家人。阿里是最和气的，经常在执勤的时候带着腼腆的微笑，塞给哈娜一条面包和一些西红柿。进行搜查时，这些年轻人只是敷衍地完成任务，因为他们通常很快就穿过房间，不动架子，也不打开抽屉。有时他们在房子里面逗留，给手机充电，闲聊当天的新闻，或和阿雅特的孩子玩儿。有几次，他们甚至给夏科里一些钱来买食物。杜娅和姐妹们觉得受到了奇怪的保护，当这几个人进入家里的时候，她们就不会像其他士兵来那样，需要紧紧握着藏好的刀。杜娅清楚地看到，那些和善、年轻的士兵并不想待在这儿，就像自己的家人也不想他们待在这儿一样。

　　有一天，外面传来了急切的敲门声。杜娅准备接受又一次搜查，但惊讶地发现是个二十岁出头、害怕得发抖的年轻人。他带着一把枪，脸上盖着一块头巾，是一块黑白格子相间的头巾。

　　"救救我！"他恳求道，"我是自由叙利亚军的，政府在追捕我，士兵们要杀了我！"杜娅听说许多参加过示威游行的人已经联合在一起，形成了反政府武装，他们把自己命名为自由叙利亚军。

　　"进来。"杜娅立即做出反应，朝街上看了一通。虽然她不能让他在外面被杀，但她也不愿因为掩护一个自由叙利亚军的士兵而被抓。所以她很快想出了一个计划来隐藏他。她和萨迦拿了四个纸箱出来，让他靠在房间的一个角落里坐下，那个角落塞满了床垫和小桌子。他们把箱子放在他周围，在上面盖上毯子，看起来就像盖着一把椅子。它看起来凹凸不平，有点拙陋，但她们认为，如果是那几个有同情心的士兵进行下一次搜查的话，就有可能躲过一劫。

等了一个小时后，不可避免的敲门声来了。令人宽慰的是，阿里站在门口，但就在他身后，他们看见一个不认识的军官，他们开始惊慌起来。

士兵们鱼贯而入，阿里很快地看了一圈后宣布："这里没人。"杜娅确信他注意到了新的"椅子"，但他什么都没有说。她屏住呼吸，等待士兵们离开。但那个不认识的军官，让阿里带他到屋顶上去。他们爬上了楼，这家人在下面等着。几分钟后他们回来了，对搜查感到满意。这些士兵终于离开了家。门关上后，杜娅和萨迦拉下毯子，拆了椅子。年轻人从他蹲的地方把身体舒展开来。哈娜递给他一杯水，他伸手拿水的时候，吻了她的手，看着这家人。"谢谢你们，你们救了我的命！"在仓促告别后，他爬上楼梯，从屋顶上逃到了房子的另一侧。

杜娅看着他离开，一种胜利和满足感充满胸膛。在向士兵们屈服和感到无助的几周后，她从占领她家的人那里赢得了一场小胜利。她开始想自己也许还能做些什么。

经过十一天围城，国家新闻机构叙利亚阿拉伯通讯社宣布政府已完成其使命，"逐出恐怖组织成员"和"恢复安全、和平、稳定"。军队政治部门的负责人利雅得·哈达德将军表示，军队将分阶段撤离，城市将恢复正常。但这十一天里，杜娅和她的家人被困在自己家中的同时，世界已经注意到了他们的困境,新闻开始披露这次超过二百人死亡、一千人被捕的围城期间发生的细节。据叙利亚官方媒体报道,有多达八十名士兵死亡。随着消息在世界范围内传开,美国国务卿希拉里·克林顿警告叙利亚政府要承担"这场残酷镇压的后果",欧盟领导人开始讨论制裁问题。人权组织报告说,在开始对示威者进行镇压的七个星期内,叙利亚境内至少有六百人死亡,其中八千人被监禁或失踪。

杜娅欣慰地看到,房子外面的坦克开始离开,在街上巡逻的武装士兵也更少了。尽管如此,一切显然还远远没有达到恢复正常的程度。抗议者腐烂的尸体横在街上无人收拾,腐肉的臭味弥漫在空气中。死亡之外,还有毁灭。围城开始以来,女孩们都没再去上过学,她们渴望回去看到朋友们并继续上学。但学校仍然关着门,上学路上都是千疮百孔的建筑,其中一些已被抛弃,大门敞开,曾经住过人的私密空间一览无余。

不过,夏科里急于回去工作,因为围城期间他的钱已经用完了。但每天他离家去理发店的时段,家人都担心他是否能活着回来。他们听到的故事是,毫无人性的政府狙击手似乎在玩射人游戏,不论年龄或性别。当人们从家里出来,到街上收集死者尸体的时候,这些人也被射杀了。在这种疯狂的形势下没人是安全的,哈娜强烈要求夏科里小心谨慎,并提醒他,自己看到一个男子离开清真寺后被射杀。他们还看到一个视频,一个腹部中弹死去的孕妇躺在街上。

虽然被吓到了,但夏科里下决心要赚钱养家,每一天他都骑着自行车通过检查站,到理发店开门迎客。但大多数客户都不敢再来。他的店位于阿萨拉亚社区的中心地带,原来是老城的政府中心,这里现在已经成为反对派武装的目标。坐在店里,他得以目睹一场场战斗,政府军和反对派在法院和其他政府建筑之间对攻。

"这座城市正在发生一场战争,而你希望人们来剪头发?疯了吗?"邻居们会这样问他。但夏科里确信一些客户会为了参加仪式来剃须和修剪头发,他迫切需要营业来养活自己的家庭。他告诉人们:"如果真主判定我死,我就会死。"。

六月底的一个下午,夏科里正在给一位顾客剪头发时,他听到了枪声。他离开了一下,去大门瞄了一眼,看到一群人在枪弹扫射下奔跑。

"他们又走了。"夏科里告诉顾客,然后回来继续修剪他的头发。那个时候,他已经习惯了枪声,他继续骄傲地工作着,无视周围的骚乱动荡。

"革命中的又一天,"顾客疲倦地回答,"但我还需要理个发,已经几个月了。他们这些该死的。"

突然,两个男人听到一个巨大的轰隆隆的响声。通过镜子反照,可以看到一辆巨大的坦克车缓缓开过来,直直地对着理发店。它看似好像要向他们碾过来。顾客从椅子上跳起,吓得倒抽气,扯下绕在脖子上的毛巾,一把扔到地板上。

"我还没做完你的发型。"夏科里央求道,试图使他平静下来。但顾客消失在拐角处,他的头发只剪了一半。接下来坦克突然掉转头,往广场中心开去了。

从每天早晨出现在家门口那条街上的弹壳数,杜娅也在学着揣摩这个城市所面临的境况。她渴望加入围城之后重新恢复的示威活动,不过这些活动的规模变小了,也不再是和平示威了。原有的欢庆气氛消失殆尽，取而代之的是愤怒和绝望。她知道父亲绝不会让她回到那些越来越危险的冲突暴动当中去。

大多数坦克和士兵离开了这座城市，而随着投弹开始，新的威胁开始出现。在夏天的晚上，这家人坐在他们的房子外面，如同置身一个奇怪的新仪式那样看着其他社区被投下来的炮弹给点着。他们计算着炸弹花了多长时间才落下来，通过蘑菇云的样子来猜测发生了什么样的破坏。重型火炮落下来和爆炸的声音代替了鸟鸣。

"感谢主，它没落在这里。"他们彼此这样安慰着，为战争把自己变得如此冷漠而心生愧疚。有时，目睹自由叙利亚军用火箭推进榴弹把飞机给打下来，他们会欢呼。

现在，只有杜娅和她的姐妹们被允许穿过街道，去超市买食品，或从面包房买面包。但价格几乎翻了一倍，质量好的食物则更贵了。

有一天，家里没面包了，于是杜娅、萨迦和纳瓦拉想要出去买一些。当她们向着面包店走去时，士兵们对她们喊道："你们去哪儿？回去！"

杜娅回答说："我们只是去买面包。"但士兵们坚称她们应该回家。姑娘们在街道当中停下来一起低头小声商量："我们该回头吗？"她们饿得胃都疼了。一方面害怕得不敢不服从士兵，另一方面也没法忍受又要继续度过没有食物的一天。经过一番匆忙讨论后，大家达成一致，让自己看起来好像要回家似的。她们听说附近一个街区的巴勒斯坦难民营有食物，大约十三分钟路程，就决定去那里，于是沿着那条路走下街道，离营地大约二百米远时,士兵们再次看到了她们。这些女孩们胆敢违抗命令,这让士兵们恼羞成怒,他们喊道:"回去,你们这些狗!"

这激怒了杜娅。她们并没有做任何抗议或威胁士兵的事,姐妹们这么做只是想让家人不挨饿,而这些拦路的士兵不过是欺负人。她没转身,而转过头喊道:"我们需要吃饭!你们想饿死我们!"

"我们只想弄点吃的。"萨迦补充道。

在士兵们做出反应之前,女孩们听到了朝着这个方向的射击声,还有坦克开过来的声音。她们不确定是不是因为自己违抗命令而成了狙击手们的目标,或者正好赶上了一场交火。她们赶紧趴到地上,贴着柏油路面。杜娅感到肺都要炸开了,她把脸贴在地上,听着子弹像愤怒的群蜂一样掠过。纳瓦拉感到一阵刺痛,一颗子弹从她背上擦过,如果它再往下不到一厘米,就可能要了她的命。

枪声停止了,杜娅和萨迦把纳瓦拉扶起来,沿着辅路跑到了营地那边,躲在小胡同里,一直等到觉得足够安全才动身往回走。她们放弃了继续找食物,对枪击的害怕战胜了饥饿。回到家中,三个人都是脸色苍白,一个劲儿发抖,明白刚刚距离死亡只有一步之遥。纳瓦拉的衬衫上有被烧着的痕迹,因为子弹正好从她身上擦过。阿里正好在她们家外面巡逻,他和他的士兵伙伴们马上注意到女孩们都很沮丧。他那英俊友好的脸上浮现出关切的表情,询问发生了什么。萨迦和纳瓦拉径直冲回屋里去找哈娜了,只有杜娅停下来,告诉阿里说她们没能给家里买到食物,因为有人朝她们开枪。过了一个小时,阿里敲开了她们的门,递给哈娜一条面包和一袋成熟的番茄。哈娜满怀感激地接过这份馈赠,赶紧回到里头去给家人做饭,还要安慰她那吓得发抖的女儿们。

围城已经解除,抗议活动还在继续,杜娅开始花很多时间待在屋顶,倾听地面上发生了什么。她不能自己参加抗议活动,就只能这样保持关注了。

她和妹妹们会跟着一起喊:"主是伟大的!""你怎么能杀死自己的儿子?""自由!"以此作为一种参与的方式。杜娅明白她们得小心翼翼别被发现,待在屋顶上很容易成为那些正在高处巡视人群的狙击手的目标。每次有士兵朝这边看过来时,她的心脏都会怦怦作响。害怕归害怕,待在楼顶上毕竟可以看到人群,和他们一起喊口号,这让她觉得和反对者们是联系在一起的。

有一天,她像往常一样站在屋顶边缘和抗议者一起高呼口号时,一个待在附近一座建筑里的士兵看到了她,他正驻扎在那里观察人群,偶尔向街上开几枪。

"下来,你这个恐怖分子,"他朝她嚷嚷,看到她没动,就威胁道,"进去,否则我就开枪了。"

那天杜娅在恐惧中反而变得勇敢起来,她朝他回喊道:"你才是恐怖分子,你杀人!我看见的!"

听到这个,男人举起了手中的枪直接对准杜娅。她立刻意识到这个士兵是真的想要射杀自己。于是朝着门跑去,奔跑过程中,一枚子弹擦过她的耳朵,打在了身前的铁门上,在上面留下一个凹痕,然后反弹回来掉在地上。只差两三厘米,她就没命了。

她打开门冲进了家,待在安全的地方。稳住呼吸之后,杜娅惊讶地发现,尽管子弹刚从身侧呼啸而过,自己却并不害怕。她想知道是否已经对恐惧产生了免疫力。每一天,他们都知道有更多自己认识的人被政府军杀死,但不知为何,此时此刻,她直觉自己还没有到死的时候。真主掌握着她的命运,而侍奉他最好的方式就是做自己认为正确的事,并按照祈祷中指示的方向去做。杜娅不想让恐惧打败她或她的家人,她下决心这样活下去。

经历了一个充满暴力的、缺粮断电少水的秋天和漫长的冬天,阿萨梅尔一家和其他所有家庭一样,努力在这个如今已成为战场的城市苦苦支撑。夏科里带回家的钱只够买食物,邻居们家家户户尽其所能互相援助。

二〇一二年六月的一天,当夏科里来到他的理发店时,发现有两枚导弹击中了屋顶,把门店后半部分炸成一片瓦砾。在过去三十年里,这个叫作"艺匠"的理发店是他的收入来源,以及他的部分身份构成,现在成了废墟。

他查看了理发店的损坏情况,扫去碎镜碴子,把一片狼藉的椅子上的碎片擦掉。他又翻找出剪刀和刷子,小心翼翼地清理了灰尘,小心翼翼地把它们放回散了一半的架子上。然后他到屋顶上把碎砖烂瓦扔到离店铺尽可能远的地方,把唯一完好的椅子摆到前面,接下去一整天都在等哪怕一个顾客。但没有人来。

那天晚上他回到家中时,杜娅发现了父亲身上的变化。他肩膀垂下来,脸上一片空白。看上去比平时小了一圈。"爸爸,怎么了?怎么搞的?"

"理发店……"这是他唯一能说得出来的话。家人试图安慰他，说如果他整天待在家里只会让大家更放心，这样就不用担心他的安全了，但他没有因为这些话感到宽慰。铺子没了，也带走了他的精气神。他一天里余下的时间都坐在屋子同一个角落，一根接一根抽烟，只有别人问问题时才开口。杜娅觉得失去生计的他如同失去了男子气概，她迫切想找到一种方法来帮助他，但唯一能做的就是努力让他振作精神。"这些很快就会结束，爸爸，我们必须有耐心。"

夏科里的店并不是唯一被毁掉的。阿雅特的丈夫那受人欢迎的果仁蜜饼铺也被炸毁了。那天他正好上班迟到，就在炸弹落下来的几分钟后到了店里。"主救了我。"他告诉家人。几天后，另一枚炸弹摧毁了他的汽车。"这是我所拥有的一切。"他对阿雅特说。然后他透露了自己想逃往黎巴嫩的计划，那边有他哥哥，能帮忙找到工作，这样就能赚钱给她和孩子们寄回来。阿雅特的丈夫没兴趣为武装冲突的任何一方而战，他只是想继续为自己的家人谋生计，所以他加入了给边检站的人行贿的行列，好让他们放自己一马，去邻国黎巴嫩躲避战争。阿雅特和孩子们不久之后也可以跟着他过去，只需给钱让组织者把自己送到边境，告诉检查站的士兵们说去那里拜访亲戚。

越来越多的人开始逃离德拉，不过离开家乡这个想法还未曾进入过杜娅脑子里。她坚信，抗议会很快结束，大家可以重新开始，恢复正常生活。她觉得逃离的人放弃了比活着更重要的事业，她无法想象弃如此深爱的家而去。

无论如何，在德拉的每一天都成了生和死的轮盘赌，活下去的压力开始逼迫家里的每个人。女孩被失眠和恐怖攻击所困扰,神经绷得紧紧的,经常会为小事情而争吵。哈姆迪每次听到巨响都会哭起来,外面炸弹的轰炸声让他变得歇斯底里。他紧紧黏着哈娜,满屋子跟着她,看不到她就会不安。

杜娅也感到了这种压力的生理效应。她食欲不振,变得非常瘦。哈娜怀疑她得了贫血。杜娅的眼睛也经常发炎,有天早上醒来,她整个眼皮都是肿的。

"我们得去看医生,我的女儿,"哈娜看到她这个样子时说道,"你整个眼睛都感染了。"

但去往诊所的路途十分危险——必须穿过一个交火区,至少得花一小时。哈娜顾不上这些危险,那天还是做了个预约,找来了一辆出租车。安保武装人员遍布每个角落,只有寥寥几个市民敢在街上走。哈娜和杜娅到达诊所后,就赶紧躲了进去。

医生是他们的一位远房亲戚,瞅了杜娅一眼,就说必须马上把麦粒肿切开才行。哈娜解释说她们拿不出五百里拉手术费。

"别担心,亲爱的,我会免费做。别忘了我们是一家人。"医生对杜娅微笑着说,"我不想让你失去那漂亮的眼睛。"想到要做手术,杜娅紧张极了,以至于没法用笑脸回应,而是把母亲的手抓得紧紧的。

看到医生取出用来打麻醉剂的长长针头,还有用来割眼皮的刀时,杜娅忍不住眼泪汪汪起来。医生安抚着她,引导她闭上眼,假装像睡着一样。杜娅依言照做,医生马上就动手忙活起来,他打了麻药,完成麦粒肿切除,然后把绷带包在她眼睛上。接下来,他开了一张抗生素的处方,并把母女俩送出门,告诉她们过一个星期来复查。

整个手术花了不到一小时,但出去时,街上又开始交火了。附近找不到可以回家的出租车,而杜娅还处于手术后的头昏眼花之中。哈娜有个姐姐住在大约十五分钟路程的附近,所以她就打电话过去说她们正往这边来,然后朝着姐姐家继续走。杜娅此时很想在路边坐下来,把头埋在手臂里。她觉得虚弱而无助,走不动,于是重重地靠在母亲的肩膀上,同时抓着母亲的手。就在她们往前走的时候,一辆装满好像是政府军官的车朝两人开过来,并且放慢了速度。

"你要去哪里,宝贝?"他们探出头来,对着杜娅喊道,"你那美丽的眼睛怎么了?"

哈娜紧紧抓着杜娅的手,低声道:"别回应,女儿,往下看。"

杜娅害怕得喉咙发干,手术和麻药带来的虚弱劲儿依然很严重,她按照母亲的话一言不发。

"嘿,我们跟你说话的时候你要回答。"其中一个男人喊道,"不回答是不礼貌的。"

哈娜和杜娅保持着沉默,害怕任何回应都会挑起他们的情绪。阿姨的房子就在街对面,这些男人开始对两个女人的沉默失去了耐心,处于随时要发火的状态。

"嘿,婊子,"其中一个喊道,"我告诉过你,我和你说话的时候,要回话。"听到这句,其他男人开始大笑,显然在享受这场对他们来说像是游戏一样的挑衅。

杜娅环顾四周,想看看有什么人能帮忙的,但街上一个人都没有。所以她们只能继续走着,车还慢悠悠跟在后头。离离哈娜姐姐家还有几步路时,她们听到车门打开的声音。这些人出来了。游戏结束,他们朝着母女俩走了过来。

哈娜和杜娅意识到自己不得不逃了,她们朝着房子狂奔。"妹妹!"哈娜一边敲门一边大喊,"开门,有人要绑架杜娅!"

几秒钟后,杜娅的阿姨伊曼打开门,把她们一把拉进去。"我一直在向上帝祈祷,你们会逃脱的。"她"砰"地关上了身后的门,对她们说道。

杜娅被吓得脸煞白,哈娜担心她会晕倒,于是迅速地把她带到最近的椅子上。伊曼冲到窗口去查看车是否还在那里。

"你安全了,他们走了。"

"现在休息,"哈娜向杜娅保证,"宵禁即将开始。我们在这里很安全。"

"你不知道你很幸运呢,"伊曼说,"就在昨天,我看见他们带着几个女孩去街对面的公园。他们就在那里折磨人!每天晚上我都能听到那边传来的尖叫声。"听到这儿,杜娅控制不住自己开始乱想。如果他们把她带走,她就会用刀自杀。她绝对无法忍受任何人侮辱她。

现在,杜娅安全了,尽管她的噩梦并没有结束。

夜幕降临,哈娜和杜娅决定回家。在宵禁后出门要冒着被捕的危险,但更迫切的是她们要按处方买抗生素治疗杜娅的眼睛,否则可能会再次感染。两人决定冒一次险走回家。伊曼包了一小袋小食品,又给了哈娜和杜娅每人五百里拉。她们小心翼翼,悄悄地溜进了黑暗里。

回来的路上,她们看到一家小药店,灯还亮着。杜娅跌跌撞撞地跟着母亲走了进去,把药剂师吓得大吃一惊。她震惊于此刻会见到这对母女:"现在上街很危险,你们在做什么?"

"我们需要药物。我女儿刚动过手术。"哈娜告诉她。

看了看杜娅的眼睛,药剂师迅速写完药方。那一刻杜娅觉得头昏眼花。她不知道自己能不能站得住,同时强忍着愤怒和沮丧的泪水。

药剂师把药递给她们,急切地说道:"快走,外头刚杀了一个人。我听到了枪声,然后听到他们把尸体扔进了垃圾桶。"

哈娜吓坏了,拿出一些钱来给药剂师,准备马上离开,但药剂师拒绝收钱。"真主将与你同在,"她说,"低头走你的路,别看两边的垃圾桶。"

一旦到了外面,就忍不住不看了。血从垃圾桶底部一直淌到街上。杜娅对刚刚发生的事情感到恶心,但两人仍在继续前行。杜娅突然听到前方远一点的地方有汽车驶近的声音,于是她和哈娜迅速转身,躲进最近一幢建筑的阴影中等着。只见一群男人下车,打开后备厢,把一个人抬到垃圾桶旁扔进去。"再补一枪,让他死个彻底。"她们听到其中一人说,然后枪声传来。男人们挨个儿回到车上,汽车消失在路的尽头。

杜娅和母亲走出阴影,继续回家的路程。"妈妈,"杜娅突然叫了起来,她感到恶心,"我走不动了,我真的要晕倒了。"

哈娜抓住她的女儿:"宝贝儿,你必须走。我们慢慢走,我会扶着你的。"

杜娅绷起所有的力气,跟着母亲往前走。接下来的一小时,她们沿着墙角爬,把房子当作掩体。最终看到自己家的灯光时,杜娅觉得几乎就要因为解脱而晕倒了,哈娜低呼了一声感谢真主,她们从来没有像今天这样害怕过。

这天晚上，当孩子们睡下，哈娜和夏科里决定，是时候离开叙利亚了。认为生活会很快回归正常是很天真的想法，他们明白那天下午差点就失去了杜娅。夏科里已经失去了他的生计，他担心失去自己的女儿们也只是一个时间问题。邻居们一天比一天少。所有适龄的男人都不见了，要么加入了自由叙利亚军，要么被捕，要么被杀。

第二天早上，夏科里拿起电话，打给唯一一个有可能在经济上帮助他们的人——女婿伊斯拉姆，当那边接起来的时候，夏科里告诉他：“我们要离开，帮我们去埃及。”

第四章
难民生活

A Hope More Powerful
Than The Sea

杜娅跪在车后座，透过泪水凝视着后窗，目送着故乡从身后消失。萨迦、纳瓦拉和哈姆迪都挤在身旁，这让她很难得到充分的呼吸。父母和哈立德一起坐在前排，父亲的这位朋友镇定地盯着前方，正在开车带他们离开。窗外，她能听到不甚清晰的零星射击声，她意识到这不会只是一次短暂的家庭旅行而已，绝望之情愈发深重。想到别离也许是永久的，她的啜泣声变得越来越重。

她不想离开。她答应过自己绝不放弃革命，她恳求过父亲让自己留下来。"离开叙利亚就像把我的魂给带走了。"她声音颤抖着告诉他。

"我是你的父亲，我需要让你的魂活着。"他回答说。

离开的前一晚，他们只有几个小时用来通知亲友。他们必须很快地和朋友们说再见，并且和杜娅的姐姐阿斯玛做一个痛苦的告别，她得留下来和丈夫孩子们一起。他们也打了电话给阿雅特,她前几个星期就去了在黎巴嫩的丈夫那里。杜娅另一个姐姐阿拉的丈夫伊斯拉姆晚上十点打来电话。他说正在为他们转移资金,以购买从约旦到埃及的船票,并建议他们马上去约旦。当他们打点好行装,一遍遍拥抱阿斯玛和外甥的时候,杜娅、萨迦和纳瓦拉都哭了。

"你们会回来的。"阿斯玛向他们保证。但什么时候呢?杜娅想知道,她看着姐姐的脸,试着牢牢记住她的样子。

次日早晨九点,他们收拾好行李,放到夏科里朋友的车后备厢,然后挤进车里。在通往边境的最后一个检查站时,杜娅喃喃道:"这就像有人在关上我的棺材盖。"她望着窗外,开始和她看到的一切轻声说再见。"再见,街道。再见,树。再见,德拉。再见,天气。再见。"她探出车窗去呼吸空气,同时有一滴眼泪落在汽车座椅上。

夏科里在座位上扭过身子来看杜娅,眼里满是痛苦,因为他感受到了她的悲伤。他知道家人们有多苦恼,但为了保护他们,他做了一个艰难的决定,把他们共同建立起来的生活给抛弃了。他知道杜娅和她的弟妹现在可能不明白,但他想让她知道,他正试着去做的才是最好的选择。

"你以为我想离开德拉吗,杜娅?"他问道,声音里努力保持着平静。为了减轻家人的痛苦,他愿意做任何事。"我别无选择。我不会冒险让你们几个女孩被人绑走的。"

那时三个女孩都在哭泣。哈立德也开口了,表示对朋友的支持:"你们父亲是对的,要带你们离开这疯狂的一切。他只想保护你们的安全。"

杜娅信任哈立德,这是她出生以来就认识的长辈,还有,某种程度上她也知道他是对的。她对他充满感激，他帮助她父亲照顾他们一家人。杜娅尽力掩饰自己的失望。当时在那辆车里，没有人能想象得到——但几个月后他们会得知——回到德拉的哈立德丧生于战争。

去往边境十五公里长的路上，有七个检查站。在其中一个检查站，保安打开行李箱，然后打开手提箱，把这家人的东西都撕扯了一通。在另一个检查站，他们受到了审问。士兵们盘问他们为什么要离开叙利亚。"我的丈夫生病了，"哈娜撒谎道，"我们必须给他治病。"杜娅有一点暗暗希望他们能打道回府，然后就可以回家了，但听完母亲的回答，警卫只是耸耸肩挥手让他们走。当他们终于到达约旦边境时，杜娅回头看了看自己的家园，想把一切留在眼里。

"我羡慕大山、树木和岩石，因为它们还能够呼吸德拉的空气，而我不能了。"她低声说道，最后一次长久地凝视她的家。

当时是二〇一二年十一月，叙利亚这次暴力冲突首度爆发之后的一年零八个月。尽管数字因统计方不同而有差异，但据叙利亚人权观察机构追踪的冲突死亡人数，截至当时，估计已经有超过四万九千人丧生。另外还不知道有多少人失踪，或被关押在政府监狱的铁窗里。这场战争接下去只会变得更加致命，据联合国估计，到了第五年，将有超过二十五万人死亡，超过一百万人受伤。同时，五百万名叙利亚人，和杜娅一家人一样，将被迫跨越国界逃离，而六百五十万人将流离失所，动辄被迫搬迁数次，只为到其他安全的地方栖身。到二〇一六年，世界上数量最多的难民将是叙利亚人。

哈立德开车来到纳希伯①跨境的地方，这家人看到至少有二百辆车排着队在等着进入约旦边境小镇伊尔比德。他们一寸一寸地向前挪动着，只见有些前面的车穿过了边境线，而另一些掉头回来了。当他们靠近队伍最前面时，杜娅看到母亲的肩膀越绷越紧，而父亲僵坐在前座，下颚也绷得紧紧的。杜娅已经在车上坐了很长时间，简直想尖叫出来。最后，当他们到达边境管控的关口，官员告诉夏科里，出境的话每人要交一万里拉。可他手上属于自己的钱，统共只有七千叙利亚里拉和三百埃及镑。他试图与边防军谈判，但无济于事。军官们抱着手只是摇头。杜娅恨不能对这些人的冷漠大声痛斥。这家人被命令掉头回去。哈立德建议他们把车靠在一边停一会儿，想个新计划出来，夏科里和哈娜疲倦地同意了。他们是那天早上九点离家的，在通过所有的检查站和排完汽车长队后，那时候已经快半夜了。他们靠边停了车，从车里走出来，在十一月的寒冷空气中瑟瑟发抖，试着制订一个新计划。

杜娅已无法继续忍受在后座和弟弟妹妹们多挤一分钟。一停下来，她就立刻爬出车子，伸了个懒腰，长长的车程之后，紧绷的肌肉在隐隐作痛。当她在停车的地方四处走动时，看到后面是一排排汽车，挤满了像他们刚才那样被困的人。他们都被拒绝进入约旦，但没有人想发动引擎往回走。在人群中，她听到女人的哭声和婴儿的叫声。男人和女人在停着的车里逗留，请求帮助，拼命想找到办法穿过边境，而孩子们坐在地上，因为经历了长途旅程，累得再也没有力气玩耍了。看起

---

① 纳希伯：位于德拉地区的乡下城市，地处叙利亚和约旦边境。

来似乎有一半德拉人都被困在边境上。杜娅环顾四周,真希望自己此时是待在任何其他地方,而非这个拥挤、充满绝望的停车场。突然间,她惊讶地看见舅舅瓦利德,也就是哈娜的兄弟,坐在一张摇摇晃晃的桌子后面,身前摆着一堆报纸。他曾是一名工程师,但战争开始后就失去了工作,现在正在那条边境线上卖报纸!那一刻,杜娅只是盯着他,不敢相信真的是他,然后冲了过去。瓦利德正沉浸在阅读当中,没有注意到杜娅,直到她站到了面前。瓦利德从报纸上抬起头来,吓了一跳,直到看清楚外甥女后,脸上才露出喜悦和恍然的微笑。杜娅立即开始解释,尽可能迅速地讲明白,并指着他们的车。瓦利德听了她的故事后,脸变得更严肃了,他把她的两只手握在自己手里,把她拉近。"回到车里等,"他吩咐她,"哪儿都别去。"杜娅冲回到车上,告诉父母发生了什么,他们按照指示等待着。不到一个小时,阿萨梅尔一家已经在获准进入约旦的名单上了。他们猜瓦利德贿赂了官员,帮助他们成为流亡的难民。

杜娅和她的家人运气很好。众所周知,越过边界的过程充满了危险和困难,需要行贿和各种尝试。而随着战争愈演愈烈,穿越也将变得愈发艰巨。在叙利亚周边国家,包括约旦、黎巴嫩、土耳其,以及埃及和伊拉克,难民人数在不断增加,寻求庇护所将变得越来越困难。考虑到安全问题和所能承受的难民数量,邻国开始对边境进行严密控制,只允许极少数符合人道主义援助条件的人员通过。

阿萨梅尔一家幸运地在离境时获得了成功。他们进入约旦,前往边境城市伊尔比德,夏科里的一位兄弟住在那儿。到达的时候，他正在那里等着接他们。这家人走出了哈立德的车，充满感激地跟他告别，因为他必须赶回德拉。他们在伊尔比德度过了接下来的三天，等待渡轮去往埃及。夏科里是最急于离开的那一个，出狱后他有些心怀顾虑，不敢在约旦待着。

二〇一二年十一月十七日拂晓时分，杜娅和家人登上了去海港的巴士，沿着约旦和以色列的边境线走，经过死海，最后到达港口城市亚喀巴，从那里坐渡轮去往埃及。

他们紧张地等待着上船。在通过海关的长长路途中，杜娅不停地把重心从这个脚换到那个脚。哈姆迪紧紧抓住母亲的手臂，而萨迦和纳瓦拉坐在行李箱上，只有在整个队伍往前挪的时候才站起来。感觉这段旅程的每一部分都是由等待组成的。约旦海关官员似乎专门挑出叙利亚人来做安检，杜娅一家被要求带着行李上前，而一队埃及旅客则挥挥手就让他们过了。杜娅抬起箱子，放在海关人员面前的桌子上。当他们打开她的行李，她看了看自己在情绪极度脆弱的最后时刻从家里仓促挑选出来的东西：两件衣服、几条裤子、两件运动上衣、几条裙子、几个面纱，还有一些配饰。她盯着箱子里这寥寥的几样，想起了因为太重而被留下的书籍——一本关于释梦的书、几本小说、尼扎尔·加巴尼①的诗，还有英语语法手册。她想象着她的小泰迪熊，想象着捏紧它时发出的亲吻的声音，还有那些时装草图，画着她曾以为将来有机会穿上的衣服，然而那样的机会已经没有了。

---

① 尼扎尔·加巴尼（Nizar Tawfiq Qabbani，1923—1998）：叙利亚外交官、诗人、出版家。其诗歌主要探讨爱情、情爱、女权、宗教，以及阿拉伯民族主义，兼具简洁与优雅。加巴尼是阿拉伯世界最有名的当代诗人之一。

她突然把目光挪开,眨着眼睛不让自己哭。她默默地为自己哀悼:我离开了我的生活,把它遗留在了叙利亚!她不想让自己的悲伤给家人带来更多心理负担,就转而去想珍藏在祖父家里的宝贝。她希望它们可以护佑她的家乡,在她背井离乡时保护家乡平安。如果把自己的一部分留在德拉,那么有一天自己一定会回去,她带着希望这么想。

　　由于天气恶劣,渡船延误了四个小时。杜娅坐着等待天气转好,心里对未来五小时的旅程满怀畏惧,他们要坐船穿过亚喀巴湾。她从来没有克服过对水的恐惧,也从来没有上过船。海浪很高,拍打着船的两侧,使得它在码头上来回摇晃。虽然渡船的大个儿头和稳当的外观给了她一点保证,似乎他们将有一个安全的旅程,但她仍然害怕得厉害。每当一个波浪把渡轮朝着木头码头往上推时,那刺耳的摩擦声都会把杜娅吓一跳。时间到了,她不得不召唤自己所有的倔强和勇气,强迫自己迈腿向前。

　　上去以后,母亲带着他们的行李和哈姆迪待在下面,杜娅和妹妹们则冲到顶层甲板看风景。但是当萨迦和纳瓦拉挪到边上看海的时候,杜娅则尽可能远离边缘。在这段旅程的第一个小时,妹妹们靠在栏杆上兴奋地往外看,而杜娅一动不动地坐在甲板中央,为了保持平衡坐在板凳上,她抓住两侧,看着约旦海岸从视野中消失。当一边手指感到抽筋时,她就换一下重心,但不敢放手。

　　萨迦回头来找杜娅。当她看到姐姐的脸时,她担心起来:"你的脸煞白,杜娅!"

　　"就是因为我再也看不见陆地了。"她解释道,她向着再也看不见的海岸望去，试着保持勇敢。即便不会游泳，陆地的景象也能使她平静下来。她心想，如果需要的话，她可以想办法回到岸边。当她们漂向更远的海域时，杜娅终于向妹妹们承认："我害怕。"她要求她们帮助她下到下面的甲板，去跟母亲和哈姆迪待在一起。萨迦和纳瓦拉没有拒绝，下去以后一家人共享了一个小小的野餐。

最后，他们到达了西奈半岛的努韦巴港。当阿萨梅尔一家走下渡轮，踏上埃及的土地时，杜娅已经筋疲力尽，她觉得自己能睡上一个星期。负责检查护照的官员面带微笑，并没有对他们进行详细的盘查，最后在文件上盖了章，并向他们解释说他们有六个月的自动居留权，可以续签。穆罕默德·穆尔西是当时的埃及总统，他的政府已经为所有从叙利亚来的难民颁布了放行政策。

一家人在移民队伍中等候，看着其他乘客把行李过秤，并注意到他们中的许多人因行李超重而缴费。夏科里不自在地看了看自家的行李，考虑到他们携带的所有东西，担心也将不得不支付一定的费用。杜娅注意到他脸上的忧虑，只希望能有办法安慰他。她知道他们没有足够的钱来支付任何费用。一家人犹豫着走近海关官员。

"我们是叙利亚人，来埃及寻求安全庇护，"夏科里告诉他们，"这是我们剩下的所有东西。"哈娜走在他旁边，杜娅与弟妹们一起从后面观察海关官员的反应。她屏住呼吸，等待着一个冷漠的官员的又一次羞辱。

令她吃惊的是，在做海关物品大小检测的官员面带微笑，并且告诉他们不用支付任何费用，即便他们的行李超重了。

"你们从战争和苦难中脱身，"他告诉他们，"叙利亚和埃及就像一家人一样紧密相连。"另一位海关工作人员过来帮他们把行李提上开往开罗的巴士，并祝他们好运，岸上有一家人朝公共汽车喊道："欢迎你们，美丽的叙利亚人！"

萨迦低声说，她觉得自己像个女王。几个月来第一次，杜娅感到既安全又受欢迎。他们早就听说，埃及会很高兴把他们当作难民来接纳，到了这儿，这样的说法终于得到了证实。尽管得到了温暖的问候，杜娅仍然焦虑于不得不重新开始，这次是在一个陌生的新国度。直觉告诉她，艰难的日子就在眼前。她环顾四周的公共汽车，感受着新环境。看到弟弟的脸时，她的目光停了下来。很长一段时间，她都没看到过小哈姆迪这样的微笑了。

经过十个小时的旅程，公共汽车从崎岖不平的沙漠公路开到了开罗。他们从那里出发，还得再花上五个小时去往位于地中海沿岸的北部城市——达米埃塔，杜娅的姐夫伊斯拉姆在戈马萨区给他们找了一个房子。他的朋友阿布·阿马德比他们早一年作为难民来到这里。他们打了一辆出租车，从开罗到了他家。请他们吃了顿简单的晚餐后，阿布带着一家人来到附近的一个公寓，这是他安排的住处。这套房子位于一幢多层建筑的底楼，有两间卧室、一个有着简陋家具的客厅、一个厨房和一个卫生间。伊斯拉姆为他们预付了一个月的房租。夏科里只有三百埃及镑，约等于四十美元，这是他支付了一家人从开罗过来的车费之后口袋里剩下的钱，他已经开始担心下个月的房租从哪里来了。

公寓很脏，但杜娅和家人没有打扫，也没有拆行李就睡下了，这段旅程他们已经累得不行，也还没准备好如何应对新环境。

第一个晚上，杜娅翻来覆去睡不着。她特别爱干净，脑子里不停地想，地板上的尘土会在睡梦中向自己滚滚而来。第二天早上，一家人去当地市场买早餐和一些清洁用品。回来之后，全家人投入了打扫和清洗公寓的工作中。保持忙碌和有事可做，能使他们在一个新环境里摆脱头脑中的不安。杜娅全身心投入打扫中，尽其所能掌控新局面。

下午，邻居们就开始来走访了，手里拿着商店买的食品和自制的食品：咸味的埃及白奶酪、炸鸡、蒸熟的米饭，一盘盘果仁蜜糖酥饼，一满篮一满篮新鲜水果。他们是来自大马士革、霍姆斯甚至德拉的难民。阿萨梅尔一家很快和邻居们成了好朋友，那些有关革命的激情及战争的可怕的故事把他们紧密联系在一起，正是因为这些，他们被迫从祖国逃到埃及。这些人给客厅带来了喜庆与好客的气氛。杜娅发现自己跟着新邻居们一起微笑或大笑，和自己人在一起的感觉让她放松下来。

二〇一一年冲突爆发以来，杜娅一家是第一拨从叙利亚逃往埃及的难民，他们中的大多数人是来投靠在这边工作的叙利亚朋友及其家庭的。有业务关系或其他个人关系的亲友可以为这批远道而来的人提供庇护。为了生存下去，大多数难民会依靠个人储蓄、打零工或开办企业，许多人能够自力更生。那也是杜娅父母的期望，但他们抵达后不久，一次更大规模的难民拥入导致就业竞争愈发激烈，也使得养家糊口变得更艰难。二〇一三年上半年，叙利亚难民人数急剧上升。阿萨梅尔一家到此一年后，联合国难民署（UNHCR）登录在册的、来到埃及的叙利亚难民就达到了十二万五千五百九十九人。据埃及政府统计，如果把所有未登记的叙利亚人包括进去的话，这个数字实际上接近三十万。

难民自发形成的支援社区帮助他们一家度过了过渡期，也缓解了杜娅的孤独，她极度思念家乡。如果这次搬迁并不是暂时的呢？她常常为此忧愁。如果不得不永远待在这个陌生的地方呢？她怎么来调适心理？她是一个讨厌改变的人。

新街坊的街道上很脏，散发着腐烂垃圾味儿。流浪猫狗从堆得溢出来的垃圾里找吃的，而垃圾似乎无处不在，一直有苍蝇嗡嗡嗡。路灯和垃圾箱在哪儿？杜娅在镇子里转悠的时候不禁在思忖这个问题。德拉人为自己城市的清洁而自豪，所以杜娅为新邻居们对此无动于衷而感到震惊。无论如何，戈马萨是有着美丽的海岸线和海滩的，她还知道，在夏天，这座城市会变成一个工薪阶层的旅游胜地。然而，看着周围垃圾堆满的街道，杜娅很难相信这是真的。

感到和外界失去了联系，又犯着思乡病，杜娅长时间沉浸在为他们一家的未来担忧的情绪里。她知道她父亲快没钱了。她的三个姐姐，阿拉、阿雅特和阿斯玛，现在都结婚了，分别住在阿布扎比、黎巴嫩和叙利亚，杜娅现在是家里最大的孩子。这个角色承担着责任，她却不知道如何去做，她为此感到特别无助。

她知道，现在身处埃及，自己和家人是安全的，也想说服自己在这里更好。她试图把注意力放在安全和常态带来的新鲜感中，陶醉于每天听到街道上的喧嚣而不是炮击和轰炸。尽管如此，杜娅也没法摆脱笼罩着自己的空虚感。在德拉，她至少有一个目标。她是一个被拥护的组织承认过的成员,这个组织在维护一种受到摧毁的价值。在这里,她觉得自己像是生活在别人同情之下、被容忍的客人:一个难民和越来越多的无助的人中的一员。更糟的是,她有时会觉得自己抛弃了祖国,尽管她知道留在叙利亚可能会没命。但是离开了组织,她到底是谁呢?自己的国家正在自我毁灭,在这里她又能做出什么有意义的贡献呢?杜娅尽量不让家人看出自己的忧郁。她会经常提醒自己:要有耐心,这是一个新的挑战。你的家人需要你为了他们而坚强。对你来说,没有什么比他们的幸福更重要。

到这儿仅仅一个月,家里的钱就用完了,自从理发店被炸毁后,夏科里就陷入了抑郁,可现在他的忧郁加深,胆固醇和血压也升高了。有时夏科里会在客厅的垫子上坐上几个小时,抽烟或喝甜茶,不动也不说话。杜娅觉得父亲正远离她而去。她知道,他认为自己辜负了家人,而且因为太骄傲而不愿说起这一点。父母从来没有在孩子面前抱怨或争吵过,但杜娅能清晰地看出来,新生活的压力是如何在影响着他们,特别是当他们明白,要在埃及待上比原先预期的更长一段时间。当他们从新闻里看到家乡那边传来更多冲突和爆炸事件时,哈娜会说:"谢天谢地,我们离开了。"但夏科里还是坚持认为,不用过多久就能回去,他以突尼斯革命①后快速发生的社会转变为例,还有在埃及,也是穆斯林兄弟会控制之后就恢复了秩序。杜娅愿意相信父亲所说的,但她知道那是他绝望的说辞;在新闻中所看到的一切都清楚地表明,他们无法在近期返乡。

---

① 突尼斯革命:即茉莉花革命,指发生于二〇一〇年末至二〇一一年初的北非突尼斯反政府示威导致政权倒台的事件,本书第二章有描述。

第四章 | 难民生活

回到二〇一一年二月，埃及发生了大规模的民众抗议活动，推翻了独裁总统胡斯尼·穆巴拉克。随着时间推移，穆斯林兄弟会在这个国家广受欢迎并取得了政权。但该国的非宗教人口和非穆斯林人口对这一态势发展深感不安，二〇一二年六月，也就是杜娅及其家人来达米埃塔的几个月前，穆斯林兄弟会的主席穆罕默德·穆尔西在埃及第一次民主选举中，以百分之五十一的选票赢得总统选举。穆尔西在就职宣誓中声明政府"为所有埃及人而设立"，但批评者很快就指责他把关键职位都授予了伊斯兰主义者，并批评他没有引入在竞选期间承诺的经济和社会改革。

杜娅一家刚到埃及时，对该国公众在穆尔西上台后不到几个月就开始抵触其领导下的穆斯林兄弟会这一态势并不知情，他们更关注来自本国的消息。对阿萨梅尔一家来说，穆斯林兄弟会政府给他们提供了庇护，还有危机中急需的帮助。他们还知道穆尔西是发声支持叙利亚反对派对抗阿萨德总统的。直到那时，这一家人都对埃及政府抱着极大乐观。

来自穆斯林兄弟会地方政府的官员，会定期对叙利亚难民的房屋进行上门检查。因为有叙利亚期间的被搜查经历，杜娅一家第一次听到敲门声的时候，浑身都僵住了，害怕来的是不速之客。父亲去开门，杜娅站在他旁边，随时准备提供力所能及的支持。他们发现两个笑眯眯的男人站在门口，而不是士兵，其中一个人拿着一只塑料袋，另一个人抱着温暖的毯子。

"欢迎你们来这里，你们是我们的兄弟。"他们说道，把手上的东西展示给夏科里。杜娅从父亲的肩膀后面看过去，发现他们带来的袋子中装满面食、糖、大米和其他主食。拿塑料

087

袋的人把塑料袋递到了夏科里手中，而带着毛毯的那个人弯下腰来把毛毯放在门里面。惊讶的夏科里结结巴巴地说着感谢的话语。

虽然这样的救济起到了一定作用，但这家人仍然没钱租房子。两周后，夏科里开始到处打听更便宜的住处，让他惊奇不已的是，居然听说有位埃及旅馆的老板愿意提供免费住处来帮助叙利亚难民。从五月到十月，达米埃塔的戈马萨街区满是埃及的工人阶层，他们纷纷拥向地中海沿岸的海滨和廉价旅馆来消夏，而在冬季，这个地区就无人问津了。

尽管杜娅和家人不相信有人会提供免费住处，但夏科里还是去看这个地方了。他回来时显得非常愉快。因此阿萨梅尔一家又一次收拾他们的物品，找了辆便宜的三轮蹦蹦车来到艾米拉酒店。它建在一条土路上，可以看到戈马萨地区最大的清真寺。栅栏上的蓝白漆已经剥落，有几处还塌了，就好像被一辆车撞过。酒店经理也叫哈立德，连同他的妻子和孩子一起跑出来迎接他们，邀请他们逛上一圈，并选了个家庭套房。他们是这家酒店的第一户叙利亚难民客人，因此还可以自己挑选房间。

酒店里面更是油漆掉得厉害，单人床有些年头了，因为磨损而嘎吱作响。同时小厨房和卫生间里的器具也是破烂生锈的，但这些房间有一个大阳台，能够俯瞰酒店的花园，可以看到绿色的草地、巨大的棕榈树、修剪过的灌木丛和迎宾台。对他们来说，这座旅馆已经是一个博爱的避风港，他们内心对此深深感激。他们选了一套有两个相邻卧室的套房，哈立德把钥匙交给了他们。

酒店老板叫法德仑，会不时来拜访一下，向他们表达同情和尊重。每次阿萨梅尔一家对他这份慷慨表达感激之情时，他都会表示很高兴能帮助他们，而每次他见到九岁的哈姆迪，都会拿一些钱塞到他手里，因为他知道夏科里和哈娜会出于骄傲不肯接受他的现金。法德仑这份慷慨美名很快就传遍了整个镇子，这家旅馆没多久就住满了叙利亚难民家庭。下午的时候，难民们会聚集在花园里一张长长的木制野餐桌旁，互相讲述战争爆发之前的生活以及随之而来的痛苦和磨难。同情这些叙利亚人的当地居民和宗教团体，会把衣服和毯子放在旅馆周围。埃及人一次次让他们觉得自己是受欢迎的。

阿萨梅尔一家人在此住了一个月之后，有天晚上，哈立德邀请他们去他家吃午饭。他和妻子以及四个儿子生活在约一小时车程以外、名叫发阿尔哈布的郊区。哈立德的妻子给他们做了汤、沙拉和鸭肉，配上米饭作为主食。饭后，哈立德带他们参观邻里，并把他们作为他的叙利亚朋友介绍给邻居。而哈立德也成为阿萨梅尔家的第一位埃及朋友，自从离开叙利亚之后，杜娅第一次体会到了家的温暖。

随着冬天接近尾声，旅馆开始挤满客人，杜娅和家人不得不离开自己的避风港。他们找了新住处，但这次可没有充满同情心的房主了，房东们往往会利用叙利亚租客的孤注一掷来哄抬价格。

夏科里靠打零工赚了一点钱，但不多，这家人不久就搬到了戈马萨一个嘈杂区域的一间小公寓里，此处乱堆着垃圾，以及从没有铺柏油的路上带下来的泥土。杜娅第一次看到这情形就心往下一沉。埃及游客们晚上会玩乐到很晚，放音乐，在街上大声说话，噪声从早到晚都在打扰着这家人，杜娅经常躺在床上睡不着，无比思念战争爆发之前待在德拉的那些安静的夜晚。

妹妹们和邻居家的女孩交上了朋友，杜娅却陷入了抑郁，吃不下饭，整天闷在沉寂的公寓里，看半岛电视台、东方新闻电视台和自由叙利亚军频道。她渴望回家，投身革命，也会绝望地试图联系叙利亚那边的朋友，但电话线大多被切断或者是忙音，很少能打通。偶尔地，她能够在Skype①上和姐姐阿斯玛说上几分钟。

有一天，杜娅收到阿斯玛传来的信息，令她无比忧心。阿斯玛在语音信息里说道："我想你，邻居们想你。没有你，活在这里很艰难。邻居们都哭了。你是他们的一束光，没有你，就只有黑暗。"回到家乡，每天有更多人死去，超市里几乎已经没有东西可卖，每周有更多的建筑被夷为平地。杜娅请求父亲带他们回叙利亚，可以试着回去改变一些什么，总好过毫无用武之地地活在埃及。夏科里充满怀疑地看着女儿："我不会带你回去找死的。"他拒绝了她的请求。杜娅争辩、恳求，但夏科里丝毫不为所动。

夏科里的病越来越严重，已经影响到他继续工作。杜娅和萨迦决定，支撑家庭的任务该由她们承担下来。她们到下一年才能去上学，所以提出可以用现在的空闲时间来帮助父亲，虽然她们一个只有十七岁，一个只有十五岁。

她们发现了一个制作粗麻布袋的工厂。厂主告诉她们，

---

① 于2003年推出的通信软件，安装在电脑、手机等设备上可以实现通话的功能。

自己其实并不缺工人，因为已经有百来个男人和一些女人在这里干活了，但他想尽自己的本分帮助叙利亚人。于是每天早上，两个女孩乘七点的早班车去工厂，缝一整天麻袋，数好，扛到一个秤上称重量，然后放到布袋堆上去。杜娅体重只有八十八磅①，却要承担起肩上的重荷。工作日既漫长又艰辛，要持续到深夜，她们只有午间祈祷时才能休息一下。而且她们没什么东西吃，车间里只供应茶。杜娅和萨迦是少数在这里做工的女性，不过一起工作的工人们对她们十分尊重且友好。

这份工作最棒的好处，是让她们在这里交到了朋友。两人开始和同工的年轻埃及女人们说悄悄话、开玩笑。有一次，有个女孩拉着杜娅的手臂说："我爱巴沙尔·阿萨德，因为是他让我们有机会遇见你。"杜娅思念她在德拉学校里的朋友们，乐于有机会和同龄女孩们说说话。这也让她想象，也许有一天自己会在埃及感受到更多家的味道。

工作走上正轨之后，杜娅就开始觉得不那么无助和孤立。她现在能给家里带回一些钱，也得到了她为之工作的那些人的尊敬。她不再觉得自己只是一个从为国而战的同胞们中离开的出逃者了，而是一个能照顾并赡养家庭的年轻女人。每次把钱交到父母手上，杜娅胸中都有一股自豪升起。注意到女儿身上这种态度变化，并看着她成为一个能干的姑娘，母亲哈娜也感到一种平静的满足。

杜娅也吸引了周围的小伙子。在工厂里工作了三个月后，就有两个埃及男子向她求婚，但她都拒绝了，尽管到了这个年

---

① 约为四十公斤。

龄，女孩通常已婚，不过杜娅却把结婚放在最不重要的位置上。她认为自己要回到家乡，找一个叙利亚男人结婚才是。

有次杜娅请了一天假，照顾生病的母亲。她在家一边给母亲煮茶，一边照顾哈姆迪，同时也忧心忡忡地怕失去工作，或者工厂主会扣她的钱，所以当她第二天回去工作时，她径直去找当班经理，要求补工时。

进到办公室之后，杜娅低着头，为耽误工作道歉。但不像她所想的那样，经理非但没有加以责备，反而露出友善的微笑，并询问她的家庭住址。第二天晚上，有人按响他们家的门铃，打开门，看到当班经理和助手站在那儿，提着一篮子水果和糖，说来看望哈娜。他们进来坐下之后，对这家人表达了希望哈娜快快康复的心愿。"我们爱叙利亚。你们在我们国家是受欢迎的，我们会支持你们，"经理把身子从茶杯上方倾过来，对哈娜和夏科里说，"也别担心在我们厂里的两个姑娘，我会照顾她们的。"

杜娅很感动。

晚上，当杜娅从一天的劳作中脱身，她会幻想自己回到了叙利亚。晚上，她会坐在电视机前换着频道，等关于叙利亚战争的报道片段，和最好的朋友阿玛尔互相发着信息，对方还在德拉，会告诉她一些新闻。杜娅告诉阿玛尔自己啥也不想，就想回家。不过阿玛尔会提醒她："最好别，杜娅，情况越来越糟了。每个人都危险。反正你也不在，我现在都不再去游行示威了。"和阿玛尔的聊天往往让杜娅陷入一种矛盾。回叙利亚会面临的危险并不使她害怕，但离开家人，不再给他们支撑会让她恐慌，她不能抛下他们。她意识到自己更需要待在这里，而非回去。

哈娜能察觉到杜娅想回叙利亚，所以就把杜娅的护照藏了起来，并密切注意着这个固执的女儿。她看到了女儿手机上有回到家乡的朋友在鼓励她回去加入他们，就质问这些短信是怎么回事，杜娅向她保证自己不会抛下家人。哈娜意识到，离开叙利亚几个月后，女儿确实成熟了不少。她会考虑家人，并尽自己所能来承担责任，和父母一起挺过离乡背井的生活，现在这一点才是最重要的。

无论如何，工厂里的工作还是在消耗着杜娅的健康，一天天过去，她变得越来越羸弱。焦虑和疲惫时，她就吃不下东西，贫血病又开始犯了。这时候夏科里打听到一个叙利亚的生意人，叫作穆罕默德·阿布·巴什尔，愿意给他的三个女儿提供一份缝纫工作，每个月五百埃及镑（在当时相当于五十美元），比做粗麻袋要好一些。他们很快就接受了这份新工作。

穆罕默德把一个小的底层公寓改装成车间，在卧室里安装了大型工业缝纫机和烫衣板，里面有十个雇员。萨迦和纳瓦拉在缝纫机上做裙子和睡衣睡裤，而杜娅负责熨烫。

工作时，女孩们单独待在一个房间里，可以聊天说笑。老板每天会来巡视几次，还经常会单独夸赞杜娅。这让她觉得自己在工作上很有用并被欣赏，不过女孩们每个月的薪水加起来从来也没有达到过五百埃及镑，因为老板总是会通过一些难以理解的计算方式，扣掉部分工资。

尽管杜娅对叙利亚念念不忘，但六个月后她开始慢慢找到了自己在埃及的位置，也接受了他们一家的命运。他们能赚到付房租的钱，而联合国难民署会给他们发一些食物券，用来买一些哈娜可以用来做饭的原料。他们还慢慢还清了一家人刚到这里时从叙利亚亲友那里借的钱。

杜娅知道，在埃及待得越久，那些昔日的梦想就会离自己越远。在叙利亚的时候，战争爆发前，她正处于考大学的阶段。高中学业还剩一年，但如今在这里已没有可能继续接受教育了。最好的选择，也就是去参加当地学校一些专门为难民学生设置的班，都是叙利亚老师们上课。

杜娅试图用自己和家人在埃及已经克服的困难来安慰自己。他们并不富足，但境况确实有所改善，从叙利亚带来的一直绷着的紧张开始减轻。刚到戈马萨时，小哈姆迪从来不肯离开哈娜身边，如今他也开始和周围的人交朋友，晚上能安静地睡着，噩梦和不安终于退去。杜娅告诉自己，现在，和平、幸福以及摆在桌子上给家人们的食物，就是她想要的全部。

第五章
流亡中的爱情

A Hope More Powerful
Than The Sea

第五章 | 流亡中的爱情

难民生涯开始六个月之后，阿萨梅尔一家开始习惯在埃及的生活了。杜娅的姐姐阿斯玛和她的两个年轻女儿也过来和他们一起了。爆炸越来越频繁，家附近已成为一片死亡地带，所以阿斯玛离开了德拉。无论如何，她的请求没能把爱人也带来，阿斯玛的丈夫留下了，为自由叙利亚军而战。

为了逃生，流亡的叙利亚人人数不断增加，在埃及也发现了更多难民，包括在达米埃塔。周末的时候，当阿萨梅尔一家像当地埃及人一样在海边散步（这里和家乡一样也叫滨海路）时，路人能明显地看出他们是外地人，但也明白他们是躲避战乱而来的，并表示接受他们。路上偶有相视，对方会点头示意，就好像在对这家人说："我们知道你们受的苦。"叙利亚女人戴面纱的方式和埃及女人不一样，所以很容易区分，而男人则常常对着他们喊："这里欢迎你们！"有时候还会开玩笑："你们愿意嫁给我们吗？"

从家乡不断传来的消息，让一家人慢慢接受了会在埃及待上比最初预期更长时间的现实。从德拉来的朋友说，之前的邻居有人在战斗中被打死了，原来熙熙攘攘的街坊，现在死寂一片。在阿斯玛逃离叙利亚后不久，她家的房子被导弹击中了，而街对面的房子也只剩下一堆瓦砾。杜娅家的人非常担心还留在家乡的朋友，每天都给他们发消息，确认他们都还活着。杜娅不停地搜新闻，希望发现暴力将停止、和平会到来的迹象，这样就能回家了，但显然是白费功夫。

五月初，来埃及六个月后，杜娅二十四岁的表兄麦萨姆带来了一个消息。他和妻子比阿萨梅尔一家晚两个月到了这里，就住在楼上一间公寓里。这天，他坐在哈娜旁边，喝着茶，激动地宣称："我最好的朋友巴塞姆要来和我们待在一起了，你们会喜欢他的，哈娜阿姨！在德拉每个人都认识他。"

巴塞姆时年二十八岁，开战前，他完全靠白手起家，开着一家生意兴隆的美发沙龙。德拉陷入战火之后，他的生意也做不下去了，他加入了反对派，为自由叙利亚军而战。最后，他被抓了起来，在入狱的两个月里受尽折磨，他的手被绑起来，被迫站着睡觉，还不能喝水。麦萨姆怀疑他还受过更糟糕的非人待遇，只是不说而已。最后他被放了出来，这时候他才知道自己的哥哥也是自由叙利亚军的战士，因为钱包里放着巴塞姆的身份证而被杀害了。这样巴塞姆不再是一个有案底的人了，而是登记在册的已在冲突中被杀死的政府敌人。没有可用的身份证明，就无法通过遍布整个城市的军方检查站。加上出狱后他已经处在监控之下，这样一来，他每次离家都会面临更大危险。

麦萨姆说服了他这个朋友逃离叙利亚,免得遭受和哥哥一样的命运。他告诉哈娜,巴塞姆过几天就会到来。

过了几个晚上,麦萨姆来喊门,让哈娜准备一顿饭。"今天放假呢,"他宣布道,"我的朋友巴塞姆到这儿了!"哈娜让杜娅把没吃完的食物热一热,因为麦萨姆的妻子希法正怀了一对双胞胎,需要帮忙。

杜娅依言热好食物,用盘子小心翼翼地端到了楼上麦萨姆和希法的公寓里。希法开了门,看到盘子时,给了杜娅一个感激的微笑。"谢谢你!"她脱口而出,并给了对方一个快速的拥抱,"也和你妈妈说声谢谢。我基本都动不了了,更别说做饭啦!"杜娅亲了亲她的脸颊,笑着往下看那巨大的肚子,然后又对着表兄点了点头,眼睛的余光从新访客身上掠过。

这是杜娅第一次见巴塞姆,她真没有留下啥特殊印象。礼貌和习惯不允许她径直盯着一个陌生男子看。所以从走进房间的那一刻开始,她的眼睛始终是低垂着的。她快速走到了摆着一大块布的房间正中间,把盘子和食物放了上去。她设法瞥了一眼这个年轻男人的侧面,发现他很寻常。

过了几分钟,她就告退了,告诉麦萨姆和希法说她得下去帮阿斯玛和她的女儿们打包,她们明天要搬到约旦去。因为阿斯玛的丈夫还留在叙利亚,所以她们决定去伊尔比德定居,这样可以离得近一点。杜娅抱了抱希法,离开了他们的公寓,转身就忘了这个表兄的年轻难民朋友。

第二天早晨,夏科里、杜娅和她的妹妹们帮阿斯玛把她重重的包裹搬下五楼,放到了出租车上,此地离亚历山大机场有四个小时车程。

到了签到柜台，机场工作人员看了看阿斯玛的票，发现是单程的，但她又没有签证。他们告诉她，要想走的话，只有再买一张回程票，要多交五百美金。阿斯玛一听就哭了，她没有那么多钱。夏科里向工作人员解释说他们只是穷苦的难民，他女儿得去和丈夫团聚。"让她走吧，我们晚些来交钱。"他恳求道。

听到他这么说，机场的人也缓和下来，说："你们必须在两天内补齐。我到时给你换票，带现金来。"阿斯玛给身在叙利亚的丈夫发了短信，告诉他发生了什么，并让他汇钱过来，这一家子又长途跋涉回到了家中。

回到公寓楼之后，杜娅和她的姐妹们每人抓着一个包，费劲地把它们提上长长的楼梯。巴塞姆也来帮忙了。杜娅走在了队伍的最后，一步一停地拎一个手提箱。她戴着红色的面纱，这是她最喜欢的一条，她身上穿着一件飘逸的长裙。走着走着，她的脸都憋红了。

"要我帮忙吗？"巴塞姆问，伸出手想把手提箱接过去。看到他这个姿势，杜娅把箱子的手柄抓得更紧了。巴塞姆试图坚持，因为看到一个如此瘦小的女人如此坚定地把一个沉重的箱子往楼梯上拖，他有点受不了。但这只激发了杜娅自己搞定的决心。"我一个人能对付。"她简短地说道。她不习惯和不认识的男人说话，也带着相信自己能力的骄傲，不喜欢别人施舍的同情，特别是因为看到她身为女孩就表现出的同情。让一个毫不熟识的男人觉得自己很弱，简直不可忍。所以她继续倔强地拽着箱子，一步步向着公寓往上挪。

对于这段插曲，杜娅自己没想太多，但是巴塞姆却她被迷住了。他冲到麦萨姆的屋子里，爬楼爬得气喘吁吁，但依然兴奋不已，问道："你那个戴着红色面纱的表妹叫啥名字？"

麦萨姆回答："那个是杜娅！那天晚上她上来给我们送饭时我就给你说过。要么是萨迦？我忘了。"

"她订婚了没？"

麦萨姆笑了。"没有，"想了想，他又补充了一句，"她们都没有订婚。"

"好极了，我想追她。"巴塞姆面露微笑，"她有点不一样，我完全被她迷住了。"

麦萨姆耸耸肩，心想这可怜的朋友变成了罗曼蒂克的囚徒，但看到他会为一些事激动还是很高兴的。追求杜娅能够很好地转移他的注意力，当麦萨姆看到巴塞姆在房间里走来走去、脚下生风时，不禁如此想到。

来到埃及之后，巴塞姆就一直十分阴沉、少言寡语。他不谈监狱里的事，也不谈死去的哥哥。他似乎想把那些经历过的事情都藏起来，才能继续活下去。如果获得杜娅的青睐能够使他振作起来，麦萨姆愿意以任何办法帮助他。

过了几天，巴塞姆和麦萨姆又开始打包，准备搬家。麦萨姆和希法找到了另一幢租金差不多的房子，但是楼层更低，这样希法的孩子生下来之后她就能方便很多。夫妻俩邀请巴塞姆和他们一起搬走。

在新住处安顿下来之后，他们邀请阿萨梅尔一家来吃午饭。巴塞姆来开门的时候，杜娅注意到他特意打扮过了，穿着一件干净利落、熨平过的衬衫和一条西裤。黑头发用发胶光滑地将到了后面，修剪过的胡须特意留出了一小撮很明显突出来

101

的山羊胡子——这是时下的流行打扮。杜娅一走进房间,他那深杏色的眼睛就盯着她了,席间,他谈笑风生,让客人们大笑不已。杜娅持续地感到他的目光回到自己身上,好像在寻求她的认可和赞许。

走回去的路上,杜娅问妹妹们:"为啥他那样看着我们?"

"我想他对你有兴趣!"萨迦说道,咧着嘴笑起来。杜娅对着她做了个鬼脸,觉得她想象力太丰富了。

第二天,麦萨姆又来到阿萨梅尔他们家,进行例行的午后拜访。杜娅进厨房给他做茶,他也逛进去了。靠在台子的另一侧,他从盘子里抓了一块饼干然后说:"嘿,青蛙,"这是他对她的昵称,"你觉得巴塞姆怎么样?"

杜娅有点茫然地看着他。她没对那个人想太多。

正当她沉默不语时,麦萨姆却大声说道:"杜娅!巴塞姆很认真地喜欢你。他想向你求婚!"

听到此言,正在倒茶的杜娅放下茶壶,震惊地看着表哥:"什么?这么快?他就见过我两次啊。"在传统的阿拉伯文化中,一对情侣只有订婚了,他们才会进入正式的安排,被允许公开约会,然后决定要不要结婚,但杜娅对这一切都没兴趣。

"两次就足够他确定对你的感觉了,"麦萨姆开始给他的朋友说好话了,"听着,杜娅,巴塞姆是个很能干活的人。在家那边他很成功。他有积蓄,在这里他肯定也能找到好工作。"

杜娅摇了摇头。"巴塞姆对我一无所知,不管怎样,我都不感兴趣。请礼貌地告知他吧。"她说道,觉得此事就到这里了。但内心深处,杜娅对麦萨姆感到不满,心想是他鼓励巴塞姆这么快就求婚的。她对这个看起来好像是表哥设计的图谋感到反感，接下来一周都没有和麦萨姆讲过话。

麦萨姆回到家后给他的朋友讲了发生的事情，温和地建议他还是换个对象。杜娅有自己的坚持，她说得很清楚了，不感兴趣。巴塞姆很难接受这个拒绝。每个了解他的人都知道，他是内心和行动很一致的人。他有着深深的热情，不管是为国家而战还是陷入爱河，同时又对自己在意的人有着强烈的保护欲，从第一次见到杜娅开始，他就想照顾她。他独自一人来到埃及，带着深深的伤痛，杜娅是他黑暗的难民生涯中的第一缕微光。从她身上，他看到了未来的希望。他立刻就确信了，她是那个能使自己开心起来的人。从前他没有对任何一个女孩有过这种感觉。他也对她的拒绝感到困惑。杜娅是第一个拒绝他的女孩。过去都是女孩想要接近他的。那天，他难过地离开了麦萨姆的公寓一会儿。

接下来几天，他什么也不做，就是情绪低落地待在房子里。麦萨姆和希法想尽办法安慰他，鼓励他要有耐心，不能指望一个刚刚遇见的女孩能马上接受他。无论如何，麦萨姆真心地相信杜娅和巴塞姆是很相配的，所以他提出代表巴塞姆去和哈娜谈谈。她显然能够和女儿讲讲道理。

哈娜听到这个消息的时候也大吃一惊，然后重新和麦萨姆确认了一遍，她的女儿对和任何人订婚都没有兴趣。但不管如何，她答应和杜娅谈谈巴塞姆。然而当哈娜抛出这个话题时，杜娅被激怒了："我已经告诉麦萨姆，我对他朋友没兴趣，妈妈，而且最重要的是，我也没兴趣结婚！"杜娅脑子里在想另一些事情。她为了支持家里长时间工作，而剩下的时间都用来和家乡的朋友们联系，了解叙利亚的局势。她有自己的梦想,那就是一切回到正轨。

"我怎么能和他订婚呢,妈妈?我不想背井离乡后连学业都没完成就结婚了。"

"当然,亲爱的。"哈娜给了杜娅一个拥抱,"我理解并且支持你。"

得知母亲站在自己这边,杜娅就放心了,她认为此事告一段落。巴塞姆不是第一个向她求婚的男人,无论如何她也不觉得他对自己认真。其他求婚的男人也并不认真,在她说不之后他们也都放弃了,然后她回到缝衣厂继续工作。

然而,巴塞姆没有放弃,相反,他开始拟订一个计划。他说服麦萨姆给了他哈娜的电话号码,这样就能直接和她说了。第一次打过去的时候,他跟哈娜说,就是想让哈娜知道自己的号码,这样有需要的时候可以打给他。但接下来,他每天都给她打,有时候问一些杜娅的事情,有时候问一些关于他们家的事情。哈娜挺喜欢巴塞姆的,了解他越多,就对他越同情。他聪明、强壮、专一,而且像杜娅一样好心肠。哈娜开始认为他非常适合自己那任性的女儿。她知道杜娅很顽固,不容易相信别人。杜娅小的时候,这种顽固和害怕曾阻碍了她交新朋友,现在哈娜担心这种特质会让她对可能的爱情也关闭心门。

在巴塞姆和杜娅第一次见面三个月后,他试图贿赂哈娜。"我看到杜娅上班回来,看起来筋疲力尽的。请你们别让她再继续工作了,"他请求道,"我愿意给任何补偿,不管她赚的是多少。"

哈娜从其他叙利亚人那边听说过巴塞姆有多么慷慨,为他们付钱，给他们买需要的东西。在难民营，人们都互相照应，哈娜也被巴塞姆想要帮助他们家和杜娅的心意感动了，不过杜娅知道这件事之后，简直气得发疯。她恨别人觉得自己弱小。能让其他人看到自己可以照顾家人，不需要任何帮助，对她而言意义重大。当哈娜告诉她巴塞姆的提议时，杜娅非常愤怒，即便她知道自己已经不只是疲惫了。她几乎每天都会头昏眼花、脑子里嗡嗡响，经常昏倒，甚至在一天漫长的工作之后吃不下饭。但她不管这些，也无意接受救济。巴塞姆的建议只会让她更加下定决心要坚持工作。

"我觉得很好。"她坚持这么说，试图不把那些晕倒和经常头昏眼花当一回事，但她确实开始越来越萎靡不振了。

戈马萨的每个人好像都知道巴塞姆爱慕着杜娅，而她已经拒绝了他的求婚。很快他获得了一个全镇皆知的绰号，罗密欧·巴塞姆。杜娅的妹妹们都喜欢巴塞姆，后来都站到他那一边去了。她们试图说服姐姐改变想法，接受他的求婚。甚至杜娅工作的工厂的厂主，有一次都在她熨衣服时打断她，问道："你为啥不想嫁给巴塞姆？"所有这些，只会让她更加坚定地拒绝他。她讨厌别人告诉自己该怎么做。

"我不会爱他，"她和家人解释，"还有，至少，我不想在叙利亚以外的地方结婚。"

哈娜很担忧杜娅对巴塞姆这种彻底的拒绝态度，怕她因疲惫沮丧而对爱与快乐的机会置之不理。曾经热情奔放的杜娅，现在阴冷而凝重，哈娜也知道自己不能强迫她什么，但作为母亲她感到有责任让女儿排除这种固执己见的障碍。通过过去一段时间的打电话还有陪着散步，哈娜了解了巴塞姆是个怎样的人，也相信他的真心诚意。她对杜娅的顽冥不化有些恼火。

"他是叙利亚人！"哈娜反驳道，"而且他是那种希望能帮助你的人，杜娅，请对他敞开心扉吧。"

杜娅觉得几乎所有人都在联合对抗她。她搞不懂为什么自己要接受巴塞姆的求婚，仅仅只是因为人们觉得她该接受。当她发现他还在自己住的那幢房子里，找了一个漂亮的、位于第一层的公寓，然后邀请他们家住进去的时候，她立刻觉得，这简直是一个巨大的阴谋，他在给自己下套。她继续努力争取以自己的力量，在埃及过得尽可能好。但是这里的生活仍是越来越艰难。

杜娅和家人都没怎么注意埃及当地的新闻，因为他们的注意力都在自己国家遭到各种破坏的那些报道上。但是在二〇一三年六月三十日，穆尔西总统的第一个执政周年庆，在开罗和亚历山大，爆发了反对其统治的游行，规模大到他们也没法不注意这件事。对政府日益失望和幻想破灭，导致上百万人又走上了街头，抱怨两年前推翻穆巴拉克总统的革命，如今已经被操纵了。人民的生活状况不断恶化，而当下只顾玩弄权术的政治家们和自己的政府渐行渐远，穆尔西倡导的具有伊斯兰倾向的宪法草案，让大多数人民感到焦虑。埃及人也开始担忧自己的国家会像叙利亚一样被割裂。这次游行持续了四天。在七月三日，也就是距离阿萨梅尔一家到达米埃塔八个月之后，穆罕默德·穆尔西被军队赶下了台。阿卜杜勒－法塔赫·塞西上将精心策划了这场政变，把穆尔西驱逐出了政治权力中心。于是，一夜之间，对叙利亚难民的态度急转直下，掀起了像反对穆尔西和穆斯林兄弟会一样的反叙利亚难民浪潮。因为穆尔西的政策是欢迎叙利亚难民的,这被认为是他开展政治活动以及由此获得支持者的手段。

杜娅一家啥也做不了,只能眼睁睁看着埃及的新闻节目主持人开始把叙利亚人称作潜在的恐怖分子,他们和叙利亚正在涌现的极端主义分子是同盟。而如果他们是恐怖分子,那么就会被认为是穆尔西的支持者。一些指控冒了出来,什么穆斯林兄弟会给叙利亚难民钱,让他们参加支持穆尔西的游行啦,尤瑟夫·埃－胡塞尼,一个著名的电视脱口秀主持人,给叙利亚人传达了一个恶兆:"如果你是个男人,你就该回到自己国家去,解决自己那边的问题。要是你干预埃及人的事,你会被三十双鞋抽打。"在中东文化中,用鞋打人是极度轻视的行为,而对于叙利亚人来说,听到这种威胁,真的既是恐吓也是侮辱。埃及的开门政策自此告一段落,任何想要进入这个国家的叙利亚人都被要求有签证,而已经在这里的叙利亚人,要是没有正式的居住证件,就会被抓起来,还有可能被驱逐出境。

这段时间,埃及对待叙利亚人的态度大变。在街上,他们再也听不到友好的问候,只有冷漠的瞪视。从当地的穆斯林兄弟会得到的救济也终止了,出门也会听到当地人指责他们毁坏了这个国家。

女孩们每次离家都会受到骚扰。有一天,杜娅和母亲去超市,一个骑着摩托的男人从身边经过,放慢速度靠近她们。他倾斜着身体靠过来,几乎要碰着杜娅了,嘲弄道:"嘿,姑娘,你愿意嫁给我吗?"然后他又对着哈娜喊道:"你愿意把她嫁给我吗?她长得很俊啊。"他色眯眯地看着杜娅,上下打量她，嘴里发出亲嘴的声音。杜娅能闻到他酸臭的呼吸，赶紧倒退一步，既厌恶又害怕。这个男人骑着摩托绕了她们两圈，然后扬长而去，同时嘲笑着她们的畏缩。杜娅和家人都知道，在埃及性骚扰是非常普遍的，但之前还没亲身经历过，而现在看起来，针对叙利亚妇女的骚扰已经要泛滥成灾了。杜娅和妹妹们走在邻近街坊时不再感到安全。对他们一家来说，这个曾经的避难国，如今已经成为另一个充满威胁的地方。

与此同时，巴塞姆因为对杜娅的爱越来越绝望。一天，他的室友来到阿萨梅尔家的公寓，告诉哈娜说，巴塞姆要是不能和杜娅结婚的话就要自杀了，因为在他房间里看到了一瓶毒药。哈娜就去核实了一下，开门时巴塞姆的眼睛都不直视她，他变得苍白、瘦削，哈娜越过他径直进到房间，在里面发现了一瓶老鼠药。

她生气地责骂了他："你不能对自己做这种傻事。"她把瓶子举到对方脸上摇晃着，"男人不能这个熊样。"

巴塞姆只敢看着地面，羞愧难当。他告诉哈娜，不能和杜娅在一起的话自己就没法活了。"如果她不接受我的求婚，我就回叙利亚去战斗。这里没有什么是属于我的。"

从他说话语气中那种平静的确然，哈娜相信他一定会那么做。对她来讲，现在巴塞姆就像儿子一样，完全没法接受他会死在战争中。她试图给他打气，让他有信心："耐心点！没准儿她会回心转意呢，但这过程中你必须坚强。"

哈娜走的时候，把老鼠药也带走了，她保证自己还会回来检查他，出门后就迅速把瓶子扔到一边去了。

那天晚上，哈娜回家后把杜娅叫到厅里，给她描述巴塞姆花了多长时间来准备,希望她相信自己的爱,还有他差点寻了短见。她握着杜娅凉凉的手。每当累得过头或工作太辛苦,杜娅就会这样,手变得冰冷。"当一个男人会为了一个女人做出有损他尊严的事,那这意味着他真心爱她,"哈娜说道,"你是不是能考虑一下接受他的求婚?"

听到巴塞姆都要轻生了,杜娅有些罪恶感。她不希望他那么惨,但她仍然不喜欢他的行为给自己制造的压力。"我不值得他这么做,"她告诉母亲,"我也不需要他的爱。"偶然听到这一谈话的萨迦这时候插嘴了:"我希望有人能为我这么做。他一定是真爱你。"不过杜娅没把妹妹的话当回事。她拒绝被逼迫或被劝诱去接受任何男人。

接下来的一天,当杜娅出门时,她惊讶地发现巴塞姆穿了一身新衣服,头发也梳理得十分整洁。"杜娅,"他说道,"我知道我做错了,你不应该被这种压力逼迫,请原谅我。"

就在那一刻,杜娅终于软下心来,开始想是不是由于自己的顽固才使得自己拒绝去喜欢他。她接受了巴塞姆的道歉,同时发现自己变得结结巴巴,害羞得像个小女孩。她能想起来的只有一句话:"谢谢你过来。"

几天后,七月一个闷热的晚上,杜娅突然感到昏厥。接下来脚就踩空了,头撞到了地上。她所不知道的是,当哈娜发现她一个人在家中不省人事时,她第一个想到打电话联系的人是巴塞姆。他让她去私人医院。"不管花多少钱都不要去公立医院,"他警告道,"我来负担所有费用。"公立医院名声很差,因为提供的医护太糟糕,有时候甚至根本没有任何医护,病人干等上几个小时都无人问津。于是哈娜和她当时正好来拜访的妹妹菲尔亚小心翼翼带着半昏迷的杜娅上了出租车，让司机去一个私人诊所。巴塞姆很快也过来了。他径直冲到了里面，告诉医院说自己是家属，然后找到了她的房间。他很快付完了费用，还找到了一家药店，买了杜娅需要的药。医生告诉家人，杜娅的健康状况很不稳定。她太瘦了，也太虚弱，在这么虚弱的状态下，她很难抵御任何危险疾病的侵袭。当他提出杜娅需要休息和照料，而她的健康需要小心监控时，巴塞姆坚持说他愿意做任何事情来照料杜娅。

"我愿意支付费用给杜娅找亚历山大最好的医生，甚至去开罗找。我愿意花掉我所有的积蓄确保她好起来。"他告诉她母亲。

杜娅醒来之后，听到母亲告诉她巴塞姆为自己做的一切时，内心有东西发生了变化。妹妹们也告诉她，当她在接受诊断时，他在候诊室里紧张地来回踱步，问了一堆关心的问题。杜娅躺在医院的床上，想着这个愿意为自己做那么多的年轻人。他的这种奉献让她确信这份喜欢是真心的。一直以来，她都是那个照顾别人的人，而不是被照顾的人。某种新的感觉在撩动她的内心，那是一种从前没有体验过的感觉。从逃离家乡以来，第一次，她感觉到心被打开了。她感受到的远不止是同情。这种感觉也许是喜欢？或是感激？但不可能是爱。她确信。

出院那天，到家大约一小时后，哈娜的手机响了，正是巴塞姆，他请求和杜娅说说话。杜娅惊讶地发现，自己是多么急切地从母亲手里抓过了电话。"我只想说谢谢你。"她害羞地说道，然后把电话还给了母亲。

之后不久，不顾医生的警告，杜娅又回去上班了。她仍然觉得有责任要照顾自己的家庭，想出一份力。她对自己的叙利亚雇主感到放心，但整个埃及新抬头的反叙利亚态势还是深深影响到了她。父亲工作的理发店开始流失顾客，随着压力增大，她开始感到无精打采，睡得很多，醒来的时候就呆呆地望着天，想着为什么遭受的苦难加倍了——熬过了叙利亚内战，现在埃及人又在排挤他们。有天晚上，当她睡不着时，她看着沉睡中的家人，就在这瞬间，她被焦虑和绝望压得透不过气来。我们没有未来，她想到。无论怎么努力地工作，她也没法给家人一个未来。她感到这个世界的重压都压在自己瘦小肩膀上，彻夜难眠。

一天，她在工作中晕倒了，醒来时已置身公立医院，医生告诉她，她得了严重的贫血症，必须待在家里至少一个月，吃好，休息好。

杜娅不情愿地听从了医生的命令，暂别工作，但那段时间她完全没有胃口。她也不在乎能否重新健康起来。在阳台上，她每天能看到巴塞姆早上离家去理发店上班，晚上回来。妹妹们会给她讲，如果在街上遇到他，他会给她们买一些小礼物，还经常问到杜娅。现在，他们全家都在帮巴塞姆。

这幢房子里的女人，还有邻居们都知道巴塞姆对杜娅的情感，而与此同时，夏科里依然对此未加注意。哈娜和其他女孩都没给他讲太多这个故事——但他知道巴塞姆，也经常说到自己多么喜欢他。哈娜则因此对杜娅越来越不满，并为她担忧。她没有告诉杜娅，巴塞姆要回到叙利亚去作战的计划，但她为此烦恼，于是对女儿施压要她接受巴塞姆。哈娜告诉杜娅，她的健康之所以出了问题，很可能就是因为自己的顽固，而巴塞姆能给她带来快乐，并且照顾她。哈娜恳求她再考虑考虑求婚的事，打开心门，如果有需要的话做做祈祷，然后来个一劳永逸的决定。

杜娅曾经求助于祈祷。她知道母亲想给自己最好的，但她不明白为什么自己接不接受巴塞姆这件事，会让母亲如此心烦。她问真主安拉自己到底该怎么应对。她一夜夜地祈祷，但没有答案。

一天晚上，哈娜把杜娅叫来坐在自己身边。她看起来一反常态地不安和疲惫，直截了当地问女儿："你为什么不喜欢巴塞姆？他是个优秀的人，也一直在帮助我们。"杜娅知道母亲说得没错，但也给不出一个好的回答，她局促不安地看向别处。哈娜托起了杜娅的下巴，让她直视自己的眼睛。"够了，要适可而止。"她强硬地声明道。杜娅不太清楚这是什么意思，但她能感到母亲因为某些事而变得神经质起来。

过了几个小时，杜娅准备去睡觉，她跪下来祈祷，然后对着隔壁房间的母亲喊了一声晚安，但没有听到回应。她又喊了一遍。母亲通常都是会回应一声的，但这次没出声。惊慌和恐惧掠过心头，杜娅马上站起来，匆匆赶往母亲的房间，凉凉的脚板咚咚咚踩过地板。她发现母亲坐在那儿，一副发昏的状态，手捂着眼睛，控制不住地发抖，喘着粗气。杜娅把父亲叫醒了，他们一起把哈娜带出公寓，并叫了辆出租车。哈娜有气无力地呻吟着，几乎站也站不住。

巴塞姆这个时候正好坐在自己的阳台上，抽着一根烟。当他看到这家人时，就喊了一声，问他们出啥事了。

第五章｜流亡中的爱情

杜娅因为担心母亲已经害怕得哭了，她回答道："她不大好，几乎昏过去了，我们要带她去医院！"巴塞姆眼中掠过的担忧在那一瞬间让她感到温暖，然后他们进了出租车，飞快向医院开去。

医生给哈娜做了检查，告诉他们，她在精神和身体上都透支了。她需要休息，家人必须照顾她。这种情况在难民中并不少见，他们经历了叙利亚的一切后，又面临着在埃及的困境。"不能再给她讲任何坏消息了，"医生警告，"她可能承受不了。"杜娅感到医生说这话的时候好像在盯着自己，母亲的病某种程度上和自己拒绝巴塞姆有关，她在为自己担忧。

那天回家的时候都快破晓时分了。几乎是刚到家，哈娜的电话就响了，杜娅注意到是巴塞姆打过来的。她接了起来。

"我很抱歉，"他说道，"但我想我知道为什么你母亲病了！因为我们。"

杜娅很惊讶他和她的结论是一样的。"是，"她回答道，嗓子像被卡住了一样，她没法接受母亲的病因，"是我们的错。"

在她继续说下去之前，巴塞姆突然脱口而出："杜娅，我想告诉你一件事，之前我只和你妈妈讲过。我决定回叙利亚和反对派一起作战了。如果我死了，至少我知道我会在天堂拥有你，既然我这辈子不能拥有你了。我现在还不走，要等到你妈妈好起来，这样可以道个别，但我会过几天走。"

杜娅闻言大吃一惊。现在她明白为什么母亲会如此悲伤了。哈娜已经对巴塞姆视同己出，当作自己的儿子了。"现在我确信我们是她生病的原因了！"她告诉巴塞姆，在那一瞬间，她感到自己就像信任一个亲近的朋友那样信任他。"她知道你要回叙利亚了,所以那么悲伤,这也是为什么她后来会对我那么生气。"杜娅站在母亲房间的门口,看着她睡着了,胸口随呼吸一上一下。她靠在父母房门外的墙上,把电话紧紧贴在自己耳边。她意识到自己不想让巴塞姆挂电话,而且她不愿意在他离开埃及后,就没机会再和他说话了。

巴塞姆的声音软了下来。"杜娅,你想过自己会改变主意吗?"他充满希望地问道,"试着多想想,但请快点做决定。我过几天就要走了。最晚星期四走。我受不了在这儿待太长时间。"那就是只有三天时间了。杜娅想着他为自己和自己家做了那么多。自由叙利亚军每天都在死人,如果他走了,他也可能会死。

"给我一点时间,我会回你电话。"杜娅对他承诺道,眼泪从脸上滑落下来。电话挂了之后,杜娅不清楚巴塞姆是否听到了她的哭泣声。

杜娅为这个决定苦苦思索。巴塞姆真的会回去吗?他会不会因为她而死?她内心有一部分是欣赏他的,他有勇气回到叙利亚去加入斗争。她不也幻想着做同样的事情吗?

巴塞姆马上要走的消息很快就传开了,人们私下都谈着这件事,说他之所以要离开,是无法承受那颗破碎之心的痛苦。

接下来的几天,杜娅没法不想他。她不希望他因为自己而死去。在他们通过电话两天后,杜娅在公寓旁边紧张地踱来踱去。她想着巴塞姆和善的棕色眼睛,想着他为自己和家人付出了那么多。突然,她意识到也许自己不需要独自去做每件事。她的母亲和父亲就是互相支撑着对方的,而他们正因此而强大。她承认,她并不能忍受巴塞姆不在身边。她在戈马萨的邻居们也会因为没有了他而沉闷无趣。

她拿起电话,拨通了巴塞姆的号码。

"听到你的声音太好了,杜娅,"问过好后,他急切地问道,"你花时间考虑过了吗?"

毫无准备之下,杜娅脱口而出:"为什么会这样,你跟我说你爱我,然后你又要离开我回叙利亚去?"她质问道。

巴塞姆的回答也一样迅速:"因为我对你的爱燃烧着我,我无法忍受看着你却不能在生命里拥有你。我宁愿回到叙利亚去成为一个殉道者。我难以承受无法拥有你的痛苦。"

接下来杜娅说的一番话,简直都要让她不相信是出于自己之口:"好吧,我想了很久,如果你仍然还有这个心思,可以去请求我的父亲说要和我结婚。"就在此时,她很清楚这是她的心声。害怕失去终身所爱的恐惧,战胜了不敢相信别人的恐惧。

对杜娅的这个回答,巴塞姆简直目瞪口呆,不敢相信:"你确信这是你真实的意思?"

"我是认真的。"

"好,挂电话吧!"他欢呼出声,"我现在就去你父亲的美发沙龙,向他请求和你结婚,然后马上去找你!"

"别啊,傻瓜,"杜娅笑了,"你现在不能去。太晚了。明天吧!"

挂断后很久,她手里还握着电话,在想着前方等待自己的新生活会是怎样。

第六章
订婚

A Hope More Powerful
Than The Sea

第六章 | 订婚

第二天,夏科里给一位顾客服务完,开始扫地,当他抬起头来时,发现巴塞姆正在一群朋友的跟随下走进理发店。小伙子穿着一套讲究的、新烫过的衣服,头发梳得很仔细,胡子也修剪得很整洁。

夏科里微笑着表示欢迎,让这些年轻人坐下来,但他们都坚持站着,巴塞姆则紧张得不停把两脚换来换去支撑重心。

"我来这儿,是告诉你我向杜娅提出了求婚,"他最后还是开口了,"我来寻求你的支持。"

夏科里表示了他的怀疑:"巴塞姆,我很喜欢你这个人,但是杜娅不想结婚呀。"他摇了摇头,继续扫地。

巴塞姆有些受挫,不知道该怎么回应夏科里的反驳。尴尬的一小会儿过后,他的一个朋友站出来了:"巴塞姆是认真的,先生!他喜欢杜娅都有三个月了!"

夏科里认为自己很了解女儿,知道她的答案会是什么。

他再一次放下手里的活儿,抬起头来,用一种确定的语气说道:"听我说,这不是我个人的意思,但我非常确信杜娅对订婚不感兴趣呀。"

"但是,"巴塞姆都要结巴地说,"她同意了!没错,有一阵子她不想,但她现在改变主意了。"

听到这个,夏科里大悦。他简直不敢相信,也想不出还能有比眼前这位努力工作、关心人的小伙子更适合女儿的人了。他感到突如其来的高兴,也期待值得庆贺的事情发生,他对着巴塞姆笑道:"好呀,要是杜娅愿意的话,我当然会同意。"

巴塞姆激动坏了,他当即打电话给杜娅,报告了这个消息。他们选了个不远的日子举行订婚仪式——二〇一三年八月二十八日,并计划在九月一日办派对庆祝。

接下来,每天下班后,巴塞姆都会来他们家,带来一些小礼物,晚餐后也会一直逗留,坐在杜娅身边和她耳语。上班的间隙,他也会给杜娅打电话发短信,带着心形的表情符号和他最喜欢的叙利亚诗人的诗句。

杜娅和巴塞姆的订婚,改变了这个家庭的气氛。哈娜的健康也好转了,这对新人成了邻里的话题。每个人都知道,罗密欧·巴塞姆最终赢得了他的朱丽叶。这次订婚,是他们每日挣扎、愁云密布的难民生活中的一个亮点。

订婚的第一步是签字仪式,一场在阿萨梅尔家举行的正式活动,一小群家庭成员和朋友亲临并见证。杜娅穿着一件黑色长裙,戴着一块红黑相间的面纱和女人们站在一扇窗边,巴塞姆和男人们站在位于阳台的一边。一位族长,也就是当地的宗教领袖，拿出契约——叫作 Katb el-Kitab——一份伊斯兰教的用来认可他们关系的结婚协议，然后透过窗户三次问杜娅，问她是否愿意接受巴塞姆成为自己的未婚夫，每一次她都要坚定地回答"我愿意"。这些回答会让他们成为主眼中的夫妻，然后他们在 Katb el-Kitab 上签字。之后，杜娅走到巴塞姆位于阳台的那一边，家人们则在旁边为他们欢呼，哈娜和杜娅的妹妹们捧出了茶和蛋糕招待客人们。再晚些时候，他们要去法院完成官方的订婚。不过此刻，他们会作为将要结婚的一对受到祝福，这个仪式也给了他们之后手拉手进出公共场合的自由。

两天后，巴塞姆带着杜娅、杜娅的妹妹们，还有哈娜，去给杜娅买首饰，为接下来的订婚派对做准备。按照传统，男人要买一个戒指、一个手镯、一对耳环、一块手表和一条项链给他的未婚妻。但杜娅和哈娜试图说服巴塞姆，有一样首饰就够了。他们知道他的积蓄用得差不多了，而他的收入也不多。但他坚持要买全，还要求店员拿最贵的黄金来。杜娅选了一条项链、一对耳环、两个戒指，略过了手表。戒指上的标签写着 Tag Elmalika，意思是"女王的王冠"。"这就是你眼里的她，"哈娜对巴塞姆说，"就像你的女王一样。"

杜娅为订婚派对买了一条裙子，明亮的天蓝色布料，上身是紧身马甲，下身是一条长裙。她花了好几天才找到，和妈妈一起跑了一家又一家店铺。

现在，因为已经一起立过婚誓，巴塞姆和杜娅就得到了一起手拉手单独外出的准许。他会带她去咖啡馆，带她去购物，对她宠爱有加。这么长时间以来都活得特别简朴的杜娅，非常享受这种被宠爱的感觉。"我喜欢你的穿着。"巴塞姆会这么告诉她。他开玩笑说天底下的男人都要忌妒自己了，因为他找了这么一位优雅美丽的未婚妻。他还知道杜娅喜欢吃薯片和糖，所以会在小摊上给她买小袋的，拿到附近的公园来个小野餐。他还经常邀请杜娅一起去散步，然后两个人一起冲到秋千上，就像少男少女一样，一边来回荡，一边笑闹私语。"你是我生命中最美好的那一个，杜杜，"他说，用了一个新的昵称来称呼她，"你不知道你曾经让我受了多大的折磨。"

派对那天早上，哈娜带杜娅去做头发。杜娅的长发一直垂到腰际，发型师花了一个多小时，做了个复杂的盘发造型，同时化妆师也在给她化妆。最后，所有的妆容和发型完毕后，她看起来再也不像一个难民或者工厂女工了，而是一个恋爱中的女人，正期待着一个也许并不那么暗淡的未来。

杜娅感到庆幸，庆幸自己和巴塞姆最终确定了关系，现在可以像男人和他的妻子一样在他们的宗教文化里交往。但坐出租车回去的路上，她忍不住还是有些难过，因为姐姐们没法在这个特殊的日子和她待在一起。阿拉、阿雅特和阿斯玛都天各一方：阿拉在阿布扎比，阿雅特在黎巴嫩，而阿斯玛在约旦。作为难民，她们的护照因为没有签证所以都无效，所以只能待在逃难的国家，没法前来参加杜娅的订婚庆典。杜娅为这种命运的不公而哭泣，眼泪弄花了脸上的妆容。

下午四点，她下了出租车，回到家，重新上了睫毛膏，已经有一百多位客人聚集在外面，准备为她欢呼了。他们当中有叙利亚人，也有埃及人。巴塞姆的朋友们放起了烟花，大家进到杜娅阿姨家的公寓，里头桌子上已经摆满了一排食物，有自己烧的鱼、糖果和一瓶瓶果汁。鲜花摆满了整个屋子，桌上、行礼台上，甚至窗帘上、客厅的每条墙边都装饰着喜庆的颜色。女孩们剪了杜娅和巴塞姆名字的首字母 D 和 B 贴在墙上，这样进来的客人就知道往哪边走了。

杜娅被人群簇拥着，进到阿姨的卧室里，女人们都退出去了。他们从当地一家旅馆借了音响，这时正好拿来放阿拉伯流行音乐。每个人都在说话，杜娅觉得自己像是被拉到了一个举行传统舞会的场地中心。

很快，有人宣布巴塞姆就要进来了。这时，遵循他们的文化习俗，除了杜娅，所有女人都要把头盖上。巴塞姆把脸刮得干干净净，穿着一件优雅的深色正装，向着她走过来。这是他第一次看到没戴面纱的她。"这是那个杜娅吗？"他双眼放光，"你看起来美得惊人，虽然我认为你不化妆更美！"他从口袋里拿出一个小盒子，取出给她买的耳环，戴到她的耳垂上。女人们加入男人们，进到客厅里，开始享用自助餐，派对开始了。用完餐后，在阿拉伯流行音乐的伴奏下，大家跳舞跳到了深夜。对于这里的每个人来说，这都是一个少有的欢乐场合。

一个礼拜后，有天晚上杜娅正准备睡觉，她把手伸到枕头底下摸自己的订婚耳环。为了妥善安全地保管，她把它们放在了枕头下，只有出门时才戴上。然而，吓了她一跳的是，啥也没摸到。她在床单上使劲摸索了一通，把枕头也拿起来了，还是什么也没有。她的订婚耳环不见了！我这一生什么运气也没有！杜娅把妹妹们都喊过来帮忙找。家里当天来过客人，都是女孩的朋友们。她忍不住去怀疑是其中的一个偷了耳环。她流着泪给巴塞姆打了电话，担心对方会觉得是自己粗心大意搞丢的。"别担心，"他在那头安慰她，"这不重要，我给你买新的。"

他说这番话的时候，一个糟糕的想法在杜娅的脑中掠过：是不是这意味着我们永远也不会有一个真正的婚礼？她拼命想把这个念头从脑袋里赶走。

巴塞姆现在获得来阿萨梅尔家的长期邀请了。杜娅的妹妹们崇拜他，而对于夏科里来说，他就像一个支撑这个家的儿子一样，而他又爱自己的女儿。每当巴塞姆和杜娅争吵，他都会站在巴塞姆这边，责备女儿："你必须得对自己未来的丈夫好点！"与此同时，杜娅被自己此前从未体验过的情绪惊到了。巴塞姆来家里前的几个小时，她都会发愁不知道穿什么好，而手机上收到他的短信时，她的心里会涌起一阵震颤。她会想象巴塞姆遇到了其他女人，然后感受到一种不可理喻的忌妒。"别傻了，杜杜，你是我唯一爱过并且会永远爱着的女人。"他向她保证。

对于家庭的责任重担，杜娅现在也可以和巴塞姆一起分担了。她意识到，被支持和被保护是多么好的一种感觉。

为了赚更多钱，巴塞姆去煤厂工作了。他每天工作很长时间，从早上七点到晚上八九点。报酬是每个月五百到六百埃及镑，只比杜娅在成衣工厂做缝纫和熨烫的薪水高一点，这份工作她现在还时不时地去做一下。在长时间工作之后，巴塞姆回到杜娅这边，显得筋疲力尽。他的体重开始下降，因为粉尘而咳嗽。杜娅会给他做一盘子吃的，等他吃完，两人就挪到阳台上一起抽水烟直至午夜。深夜时分，他们的谈话最终会落到未来生活上面，两个人达成一致，先不急着要孩子，要等到完成学业并找到好的工作再考虑。

有时候,巴塞姆会告诉杜娅,自己在埃及看不到未来。一天晚上,正喝着茶,他告诉杜娅自从埃及军事政变以来,自己经常会遭到其他埃及人的奚落。"你在这儿干什么?"他们问他,"你怎么不回叙利亚打仗?"大多数时候听到这种话他都不回嘴,但他会开始想这些人说的是对的。杜娅提醒他,他是因为在叙利亚遭到逮捕才躲到埃及来的:"你告诉过我,你在监狱里被虐待,他们几天几夜也不给你吃的喝的。"

每次他收到来自叙利亚的消息,似乎只有又死了一个朋友这种事发生。有时候,杜娅会和他一起听完电话,每当这种时候,杜娅就会把他的手紧紧握在自己手里,把头靠在他的脖子旁边,感觉他的眼泪掉了下来。

为了让他高兴一点,两个人会一起听喜爱的叙利亚歌曲。一副耳机,各用一只,头挨得很近。他们都喜欢黎巴嫩明星卡罗尔·萨玛哈的一首歌,叫作 *Wahshani Baladi*,意思是"我想念我的祖国"。每到副歌部分,他们会跟着一起唱起来:

噢,主啊,噢,我亲爱的祖国,我是如此思念我的祖国……

我无法找到任何东西,来代替失去的,除了心爱的人抱住我的那一刻……

明天我会回来,我们要一起回到那里……那些日子会多么甜蜜。

一个周末,巴塞姆带着杜娅去海边散步,杜娅跪在沙子上,用手指写着巴塞姆的名字,巴塞姆在后面写上了"+杜娅",然后杜娅在下面用更大的字母写下"叙利亚"。

看着这个作品，巴塞姆突然说道："让我们回叙利亚去吧，我想念我的家人。那是属于我们的地方。"

"我不能回去，"杜娅回答道，尽管几个月前她还是很想那么做的，"我对家人有责任，不能离开他们。"她想到巴塞姆回去就会死于战争，这样再也见不到他了，"如果你走，我们的关系就结束了，"她的害怕变成了愤怒，"你可以把你给我买的金子都带上，自己走。"

"但我们在这里没有未来。"巴塞姆一边坚持地说，一边把他的脚趾从沙滩上的名字中拔出来。

"回到那里，我会被侵犯，在你面前被强奸，而你只能眼睁睁看着，都没法保护我，"她大声说道，"还有，"她的声音软了下来，"你在叙利亚也找不到工作。"

巴塞姆站着沉默了一会儿，想了想杜娅说的。最后他承认："你说得对。"

杜娅抓住他的手。"耐心点，宝贝。如果你继续找，在埃及也能找到更好的工作。"她用一种自己也似乎相信了的语气说道。

无论如何，埃及新的政治气候对他们来说很不容易生活下去。有次两人出门散步，在街上暂时拉开了一段距离，一辆摩托车就上前来，越开越慢，跟在了杜娅旁边。车上是一个住在附近的十九岁男孩，杜娅认出了他。他突然间抓住杜娅的手臂，把她往自己这边拽。杜娅本能地推开他，把手挣脱出来，但当他再次过来抓她时，杜娅意识到，这人是想把她强行拖到摩托车上去。

杜娅赶紧朝远处跑，朝巴塞姆冲过去，喊道："巴塞姆，快,我们赶紧回家!"

不知什么原因,巴塞姆没有看到刚才那一幕,但他感受到了杜娅声音中的害怕,他问道:"他对你做什么了吗?"

杜娅看到巴塞姆的脸愤怒得发红,她决定,最好的处理办法是赶紧离开,免得情况变得更糟。"没有,"她说了个谎,"没发生什么。"

"这不是真话,他一定做了什么,对不对?"

在她回答之前,巴塞姆大踏步对着那个埃及男孩走过去,一拳打在他脸上,摩托车倒在地上。这个男孩朝巴塞姆跳过来。两个人开始扭打,出拳猛击,想把对方打倒在地。

"巴塞姆,停下来!求你了,看在主的分上,停下来!"杜娅喊道,她担心他会受伤,而两个男人的打斗会引起其他人注意,给他们惹来麻烦。

"回去,杜娅,我会跟上你的!"他转过头对她喊。

摩托车手看到巴塞姆分心了,立刻跳回车上,加速逃走了。杜娅和巴塞姆镇定下来,赶紧也朝家的方向走。但就当他们还在路上的时候,发现那辆摩托车又返回来,这次后座上还带了个人,然后后面跟着第二辆摩托,上面也有两个人。这帮人带着木棍,呼呼地抡着。他们离杜娅和巴塞姆越来越近,这时一个男人从口袋里抽出了一把小刀。巴塞姆把杜娅拉到自己身后,对着他们喊,让他们放过杜娅。

"你们来这里想把我们也拖垮,抢我们的活路!"拿着刀的那个男人对着他们叫道。杜娅大声呼救,哭了起来。她给妈妈打电话求助。一家人最近又搬到了最早给予他们庇护的那家旅馆,因为气温下降,游客开始离开此地,所以他们能继续免费住在旅馆里了。旅馆离巴塞姆和杜娅被跳下摩托的男人们包围起来的地方,只有一个街区远。哈娜接起电话,明白发生了什么,立刻向旅馆经理哈立德求救。哈立德冲了出去,拦在杜娅、巴塞姆和那群男人之间,让他们离开。他在这个地区是很有声望的人,于是那几个人最终回到了摩托上,发动引擎疾驰而去。

哈立德、巴塞姆和杜娅回到旅馆,哈立德坚持直接去警察局报案。"如果你们什么都不做,他们会回来做更多坏事。"他警告道。而就在哈立德试图劝他们提交一个报告的时候,那个在街上抓杜娅的年轻人和他的父亲出现在了旅馆。父亲十分大度地跟他们道歉。他承认自己的儿子惹了大麻烦,并且告诉他们:"如果他再这么做,你们有权利举报他。"然后,他愤怒地转身对着儿子,命令道:"跪下去,亲杜娅和巴塞姆的脚。"儿子拒绝这么做,开始哭起来。杜娅和巴塞姆开始怜悯起这个哭泣的男孩,于是决定不去报案。他们只不过想顺利度过每一天,在当局的保护下继续留在这里。

那天晚上,杜娅躺在床上,脑子里一遍遍过着这些场景,她意识到自己差点又被劫持了。她感激巴塞姆和哈立德挡开了那些男人,但她在埃及也无法感到安全了,即便巴塞姆在身边。这次不愉快的冲突带来的压力也使得她和巴塞姆的关系更紧张了。

一天,在一场非常激烈的争执之后,杜娅宣布她想分手,扔下震惊的巴塞姆就走了。第二天,巴塞姆来到他们家,看上去十分低落。他语气严肃地对她说:"杜娅,我们需要谈谈。我决定回叙利亚了。我为了你留在这里,因为你,在埃及我承

第六章 | 订婚

受了很多羞辱和艰难。如果你不想和我在一起，那我就没有任何理由留在这儿了。我下定了决心，如果你不想和我一起走，那么你自由了，我们可以结束订婚关系。"

听到他这么说，杜娅哭了起来："你不能走，你会被杀死的！"但巴塞姆的态度很强硬。急得发狂的杜娅冲出了公寓，意识到自己与他分手是个错误。如果他回到叙利亚并且死了，那么她对此是有责任的。杜娅明白巴塞姆也在痛苦中苦苦挣扎，因为他不久前死去的为自由叙利亚军作战的哥哥。巴塞姆因为当时没有在哥哥身边而内心充满愧疚。杜娅不是真的想要让巴塞姆离开她或者解除他们的婚约，她只是被在埃及生活的艰难和压力耗尽了，于是在两个人的争吵中突然崩溃。巴塞姆跟着她出来了，发现她在哭泣。她请求他改变主意。他看着她的脸，摇了摇头，拿出一张纸巾，轻轻擦去她的泪水。"我不是那个意思！"她哭道，"我不想分手。"看到杜娅如此痛苦，也明白她说的意思就是她的心里话，巴塞姆把她抱进了怀里，发誓永远不离开她。他郑重宣誓，只有战争结束了他们才会一起回去。从那天开始，杜娅每个晚上都会祈祷两个人永远在一起。

那个秋天，萨迦、纳瓦拉和哈姆迪重新开始上学，杜娅则回到了工厂，萨迦的中学在镇子的另一边，她必须一个人走很长一段路才能到学校。几乎每一天，她进大门的时候，都有年轻的男人站在那儿辱骂和奚落她。

有一天，萨迦从学校走回家，她注意到有一辆小三轮车跟在她后面。有两个长得很粗野的当地男人坐在里面，手臂上有文身。"停下来，叙利亚女孩！"他们对着她喊，"我们喜欢叙利亚女人,想看看她们是不是也喜欢我们。"萨迦低着头,一直朝着纳瓦拉和哈姆迪的小学方向走,他们会在那里等她。到了那里,她立刻拉着两个弟妹的手,跑到管理办公室,给父母打电话,让他们来接自己。哈娜带着两个前来保护的叙利亚邻居赶到时,忍不住哭了。那天晚些时候,夏科里听到了这件事,他简直不敢相信,距离杜娅差点被劫持之后没多久,又发生了这种事。一想到现在自己的女儿们在埃及也是危险的,他就几乎要疯了。

哈姆迪也过得很艰难。他很爱学习,是个好学生。而自从穆尔西政府被赶下台以后,周遭的氛围就发生了变化,以前和他做朋友的埃及孩子们,现在也开始恐吓他。

后来发展到有一天,哈姆迪的学校宣布,他们再也不接受叙利亚小孩了。家长前去抗议,提醒学校官员,是战争把他们赶到这里来的,而他们想要的只不过是让自己的孩子们接受教育,老师们无权做出这样的决策。最后双方达成了妥协,叙利亚孩子能继续来学校上课,但他们不能坐在课桌旁,只能坐在地板上。

那段时间,有个看起来凶神恶煞的男人,老是骑着摩托在他们住的旅馆外面的广场上晃,停在那里大喊大叫。杜娅和家人冲到阳台上,看他在叫些啥。他几乎是声嘶力竭地在喊:"你们谁家父母要是敢把孩子送到学校里来,那就等着被大卸八块送回来吧!"他把这恐吓的话喊了一遍又一遍,想让每个人都听到。看到这个场景,附近的叙利亚男人们想去赶他,但他提前逃跑了。杜娅一家从前在叙利亚感受到的害怕重新又回来了。从那以后,很多邻居都决定让孩子待在家里,夏科里和哈娜也把孩子从学校带了回来，哈姆迪伤心欲绝，每天在家里生闷气。

与此同时，夏科里正在苦苦支撑着，他只有少数几个忠诚顾客。巴塞姆看出他做得很糟，提出跟他合伙，夏科里感激地接受了。接下去，巴塞姆招来了一些年轻顾客，这重新盘活了夏科里的生意。巴塞姆知道，为了自己和未来的新娘，必须赚更多钱才行。但即便他们每天工作很长时间，也看不到摆脱这种穷得叮当响的状况的希望。他们不能就这样开始建立一个新家庭，回叙利亚的愿望也日益渺茫。看起来，他们是在一些并不希望他们待在这儿的人当中浪费生命。他的工作过于繁重，没法一直陪着杜娅，这也让他担忧，有一天在她需要的时候自己却没法保护她。巴塞姆意识到必须做出改变。

第七章
与魔鬼交易

A Hope More Powerful
Than The Sea

第七章 | 与魔鬼交易

杜娅和巴塞姆订婚九个月后,二〇一四年六月一个温暖的下午,阿萨梅尔一家人刚用完午餐。这时候杜娅还住在家里,她和巴塞姆必须举行一个正式的婚礼之后才能住到一起。

帮忙清理完盘子之后,巴塞姆建议在他和夏科里去理发店上班之前,大家一起出去走走。这对未婚的年轻人走在家人前面,手拉着手聊天。当他们到达滨海路时,巴塞姆转过脸对着杜娅,开始从容不迫地说话,声音比平时更低,就好像早就对要说的这些话做过排练一样。"我有重要的事情要和你商量。我想我们一起去欧洲。在这里我们没有未来。我们被困住了,我们回不去叙利亚了,"他低头看着她那张惊讶的脸,开始用更快的语速说道,"大家都在往那边去。我一个朋友去了德国,还申请把家人带到了那里。那儿比这里好多了,杜娅,你可以去上学,我可以开个理发店。我们可以一起拥有一个家,开始建立一个家庭。"他满怀希望地看着她的脸,寻找同意的迹象,

"你觉得呢？我们只需要搞到出去的钱。"

杜娅想到的，是隔在埃及和欧洲之间的汪洋大海，淹过她头顶、灌满她肺部的水。她仍然没学会游泳，一想到要穿过那片水域就会惊慌失措。她知道难民没有合法途径到达欧洲，因为无法得到需要的文件，然后登上另一艘大渡轮，就像带他们来埃及的那艘渡轮。如果他们申请签证，肯定会遭到拒绝，而想要寻求欧洲的庇护，必须得本人先到达那里。杜娅知道，去那里的唯一途径，是被埃及当局界定为非法的，也是被大家认为不安全的途径。"你的意思是通过偷渡船？"她问道，"别这么想，我不会做的。"她知道那些船很小，破旧，而且超载，她听过不少关于船只沉没、难民被淹死的故事。她不相信巴塞姆会想要冒险。她自己甚至一条腿都不敢伸下水，怎么能坐着那样的船跨海？

"但是，"巴塞姆结结巴巴地说，"水只会到你的膝盖上头，然后在船上你是安全的。一旦我们靠近意大利就会被营救，然后就可以到达瑞典了！"他解释了一下，当难民船到达意大利海域时就会发出求救信号，而意大利海岸警卫队就会派船过来带大家安全上岸。

"绝对不行，"杜娅声音都颤抖了，"我的答案是不，巴塞姆。"

但他还是不断地提出这个话题，逮住一个机会就说，试图找到一种方法来说服她。杜娅不理解为什么他如此坚持，而他明明知道她有多怕水。每次他们和她的家人一起去海滩，他都会看见她离海岸远远的，就看看别人逐浪戏水。巴塞姆是个游泳好手，这是有原因的。他告诉过杜娅这个故事，那还是在德拉的时候,那年他十三岁,和两个朋友一起去了一个湖边。三个人都不会游泳,但还是都跳进去了,玩闹着互相击水。然后,其中一个朋友进到更深的水域,因为呛水而无法呼吸,手臂乱拍。巴塞姆和另一个人以为他在开玩笑,但当他们最终赶到他身边时,这个朋友的脸已经被淹没,身体也僵硬了。他淹死了。那天之后,巴塞姆就发誓要自学游泳。"我对自己起誓,永远不能再发生这种事情了,当我在乎的人溺水时,我不能只是无力地旁观。"他告诉杜娅。

他还告诉她另一个故事。几年后,他和几个朋友坐在湖边的岩石岸上。当时他已经是个自信的游泳好手了。他远远看到一只划艇翻了,有个十几岁的女孩落入水中,显然正处于苦苦挣扎之中。他跑向划艇,跳进水里,游到女孩身边,把她抱在怀里,拉到岸边,就这样救了她一命。

然而,这些故事没法让杜娅安下心来。每当她想象被淹没在水中看不见岸时,都觉得恶心。"巴塞姆,我不想要金子,或者昂贵的家具和在欧洲生活什么的。"一天晚上当他试图再次说服她时,她这么告诉他。他俩单独待在杜娅家公寓的阳台上,看着天色一点点暗下来,家里人都在里面听收音机。她无法想象身边没有他们的生活。"我想和家人离得很近。如果我们改去沙特阿拉伯呢?你在那里也工作过。"在沙特阿拉伯,他们可以有一个新的开始,而且离她的家人还很近,而且她不用坐船去。

"你不会喜欢的,"他反驳说,"那里太保守了。你必须穿罩袍。从头到脚趾盖着黑色,上面只有一个用来脱掉长袍的网眼缝。你甚至不能出门,除非和我一起出去。"他有些生气地说,"我的朋友们有一半去了欧洲!我整天都在 Facebook 上看到他们从瑞典和德国发的信息。他们有好工作,他们可以去上学。他们说我们在那里会受欢迎的,跟在这里不一样。"巴塞姆让杜娅回味了一下他的话,然后又加了一句,"其他时间,我收到的信息,都是回到叙利亚的朋友告诉我,谁谁谁已经死了。你忘了每天看到人们死去的感觉?"

"你忘了那些走私船的恐怖故事了吗?"杜娅反击道,"关于像我们这样的难民被淹死的故事?"她被激怒了,迅速站起身来,走进去和家人待在一起,把巴塞姆独自留在阳台上。她背对着他,不让他看到悲伤和沮丧的泪水正从自己脸颊滑落。

这样的情况持续了两个月。巴塞姆不屈不挠地抓住每个机会,尝试用不同方式去说服她。"杜娅,你看起来很累!待在这里并不健康!在欧洲,你的健康状况会好起来。"杜娅的身体确实每周都在恶化。每当巴塞姆看到她开始动摇了,他都让她想想欧洲。"在欧洲,你可以上学。我们可以一起开个美发沙龙,会赚到钱,最终会买得起新衣服。你甚至可以有一个好房子。我们将受到尊重而不是被鄙视,我们的孩子可以有一个美好的生活。"他给她看朋友们在历史古迹前,还有鲜花盛开的公园里拍的微笑着的照片。一位朋友在阿姆斯特丹,站在运河的桥上,背景是美丽的城市景观。看到这些照片,杜娅也忍不住开始倾听和梦想。欧洲似乎是一个充满秩序和希望之地,一个具有各种可能性的梦想之地。

照片所描绘的生活,与她已经接受的贫穷、挣扎和危险的日常是如此不同。埃及什么都给不了她和她的家人,除了敌意和辛苦的工作,酬劳之低不足以满足全家的需要。他们几乎没有足够的钱支付食物和房租，每当需要额外的开支，如医药，或哈姆迪脚又长了要买新鞋，就不得不借还不起的钱，要么就卖掉本来就所剩无几的家产。杜娅没机会在埃及完成高中学业，不得不放弃上大学的梦想，像其他成千上万的叙利亚难民一样，在一个自己的公民都面临经济下滑、高通胀以及食品价格上涨的国家，她觉得仿佛被困在了监狱边缘。在埃及，叙利亚难民得到接收，但他们很少有机会找到真正的工作并充分融入当地社会。

杜娅开始想象另一种生活会是什么样子，走出大门没有被劫持的恐惧，弟妹们可以去上学而不用害怕被骚扰、殴打，甚至面对更糟的状况。她还记得以前是怎样的，那时母亲不总是生病，父亲也不总是疲惫不堪，哈姆迪是一个开朗的小男孩，拥有正常的童年。现在，在埃及，这一切都变得不可能了。

在叙利亚，事情变得越来越糟。数百人死于大马士革的化学武器袭击，国际社会指控阿萨德政府正是这场攻击的实施者。极端的伊斯兰圣战分子现在处于叛乱组织的保护下，他们之间开始互相争斗，削弱了原来那个温和的自由叙利亚军反对党。尤其是，一个正在兴起的暴力组织"伊斯兰国"在叙利亚建起了基地并不断扩张，强行推广他们的主张，还有对伊斯兰教法的极端解释，他们将其称作《伊斯兰法》。至少有三分之一的叙利亚人游离失所，其中有三百万难民在黎巴嫩、约旦、土耳其和埃及等周边国家挣扎求生。

渐渐地，杜娅也开始考虑离开的可能性。然而巴塞姆却开始动摇了。他太爱杜娅，不愿意强迫她做会让她感到害怕的事情，于是他想到另一个方案。他决定自己先去欧洲，安顿下来之后，再来接杜娅和她的家人。他听说过欧洲的一些项目，帮助难民和留守的家庭成员团聚。朋友告诉他，你要做的，就是到那里去寻求庇护，然后申请把你的家人也带到这个国家。然后他们就会发签证和机票。

"你很快能跟着我过来。"他告诉杜娅这个修订过的计划。他俩趁着巴塞姆工作间隙出来休息一会儿，两人并肩坐在最喜欢的咖啡馆的一张小桌子旁，喝茶，抽水烟。

杜娅大吃一惊，放下了手中的杯子。"我不会让你一个人去的，"她毫不犹豫地说，"不能让你离开我！"

"你只是忌妒了，"巴塞姆取笑她，"你觉得我先去欧洲的话，会找到一个漂亮的欧洲女人来取代你。"

杜娅捶打着他的肩膀。"好呀，"她反击道，"你去找一个吧，我会找一个埃及老公。"当他们这样开玩笑的时候，杜娅内心深处还是有一点受伤的，巴塞姆会考虑不和她一起去欧洲，也许她的确有点担心他在欧洲会找到一个迷人的女人，喜欢那个女人胜过自己。

"我只是开玩笑，杜杜。我永远不会找别人。你是我的唯一。找其他人，就像想用星星代替月亮。"

杜娅把头搁在他肩上，仍带着一丝不安："不带上我，你哪儿也不准去。"随着他的呼吸，她能感到自己的头也在上下起伏。但她清楚，巴塞姆准备走了，不管带不带她。她也疲于看着他在埃及苦苦挣扎，她知道并没有好的理由说服他留下来。如果不让他走，就会挡住他未来的道路，但她不能忍受他走了而自己留下来。她的人生已经和他连在一起了，不管怎样,在埃及他俩的人生都没有希望。她开始想,如果这意味着有机会和心爱的人一起,获得一个体面的生活的话,也许她可以勇敢直面对于水的恐惧。她告诉自己,这样还能帮助到家人——寄钱回来,并最终把他们带去更好的地方。

其实她不知道,巴塞姆已经开始和她母亲讨论他的想法。"这取决于你,"哈娜告诉这个早已视同己出的年轻人,"但我认为你应该在离开之前和杜娅分手。"

"不!"他大声说道,这个想法刺痛了他,"我要去,是因为我想给杜娅她想要的一切。"他继续为自己申辩,最终哈娜让步了,对他说,如果坚决要走,那最好和杜娅一起走,但她也觉得他应该先走,找到一个安顿家的地方,再申请让杜娅过去,然后结婚。"我不想让她跟着那些蛇头走,"哈娜说,"无论如何,她也不会踏进水里一步的。"

几天后,杜娅告诉母亲,她决定和巴塞姆一起去欧洲。想到杜娅要去经历这样艰难、危险的一段旅程,哈娜伤心极了,但也理解他俩觉得这是得到更好生活的唯一机会。只要想想杜娅得和其他数百个难民挤在一条船上,就把哈娜给吓坏了。然而她知道,杜娅做出了自己的决定,会坚定不移地实现它。"要么你让我去欧洲,要么你可以把我送回叙利亚。"哈娜第一次提出反对时,杜娅就这么对母亲说。她看着意志坚定的女儿,杜娅现在十九岁,已经订婚,她知道自己阻止不了。相反,她将付出一切努力,保证这段旅程尽可能安全。

那一年,已有超过两千名难民和移民在试图乘船前往欧洲时丧生,这还只是八月初。夏末和初秋,是大海相对平静且天气温暖的时节,也正是难民穿越地中海的高峰季。更多生命将不可避免地在海上消失。全世界范围内的战争、冲突和迫害，迫使更多人逃离家园，寻求避难和安全的处所，自从人们开始追踪这些迁徙以来，这个时代的难民超过了以往任何时代。截至二〇一四年底，联合国难民署记录到近六千万名被迫离家的人，比上一年增加了八百万人。其中一半是儿童。平均而言，那一年的每一天，都有四万两千五百人成为难民、寻求庇护者，或在国内流离失所，这个数字短短四年中增加了四倍。

导致难民剧增的主要原因，就是叙利亚内战。随着难民数以百万计地拥入周边国家，又几乎没有机会找到工作和教育孩子，他们中越来越多人冒着生命危险，通过险恶的旅程去往欧洲寻求美好生活。那些刚刚从叙利亚无休无止的暴力中逃出来的人，又从所在的城市发现了一些非法的代理，不仅可以把他们带过边境线，只要支付一个合适的价钱，还能带他们穿过大海，去到他们以为能在欧洲找到的应许之地。

盈利巨大的贩卖人口生意，正好能满足人们逃离战火和贫困的愿望，于是很快就从非洲扩张到了需求暴涨的叙利亚和巴勒斯坦，路径是从埃及出海。

通过难民社区的口口相传或社交网络，蛇头们不难找到顾客，他们会在 Facebook 上打广告，伪装成豪华游艇的度假套餐。巴塞姆和杜娅需要为去欧洲的两张票花五千美元，其中两千美元是预付，等到安全到达意大利之后再补足余款。巴塞姆找到的蛇头是个叙利亚中间商，用的是假名，在社区里以打前哨知名。他告诉巴塞姆，他会把顾客转手到一艘安全的海轮上，整个行程就几天。

第七章 与魔鬼交易

启程的日子越来越近，杜娅开始对旅程有一种不祥的预感。有一天，当他们在最喜欢的咖啡馆里谈论着蛇头承诺的安全通路时，她跟他说了自己的恐惧。她告诉他，她有一种船会沉的预感。

"你想多了，杜杜，"巴塞姆劝告她，"我只觉得一切都会好的，我的感觉也同样强烈。"他不会给她讲自己内心的恐惧。巴塞姆一直想为了她而坚强，这意味着把担心都埋在心里。

巴塞姆的积蓄已经不够支付旅资，而阿萨梅尔家更是一分闲钱都没有。为了凑上这笔钱，杜娅卖掉了巴塞姆买的订婚金手镯和金项链，还有他给她买的另一件礼物——手提电脑。哈娜也卖掉了自己的一些首饰，贡献了一分力，她虽然很舍不得，但希望以此给自己女儿的未来做投资，也愿意为了更安全的船而多出一点钱。巴塞姆在叙利亚的家人也电汇了二百美元过来，加起来一共凑出两千五百美元，可以付预付了，另外他们还有五百欧元用来应付开始的欧洲生活。他们不知道怎么去搞到剩下的钱，但寄望于能够通过借钱来垫上，然后通过工作还债。巴塞姆把钱给到了蛇头，然后被告知等他们电话。

二〇一四年八月十五日，电话来了。杜娅把自己最珍爱的物品都打包装进了一个黑色旅行包——她的《古兰经》、一件巴塞姆给她买的金色上衣和一条裤子，剩下的订婚首饰，一套银手镯、银项链和上面有着假钻的银耳环，一个上面有着心形装饰的叙利亚产的金属首饰盒。她哭着和还得留下来工作的父亲说再见，紧紧抱着他，闻着他身上熟悉的刮胡膏气味，还有他喜爱的阿拉伯水烟的味道。然后，她和巴塞姆、母亲以及弟妹们一起上了出租车。哈娜坚持和孩子们一起送他们。巴塞姆给了司机一个地址，这是蛇头们发给他的，是一所位于海滨度假小镇阿尔阿伽米的公寓，大概距离亚历山大港十二英里。

当杜娅和巴塞姆进入了这个靠近阿尔纳西勒（El Nakhil）海滨的一幢高楼上的两居室公寓之后，就发现这里特别脏特别热。苍蝇在各个角落的几件家具上飞来飞去，家具和屋里面所有的物件器具都堆着厚厚的一层灰。在他们之前，有两家叙利亚人已经到了，坐在这阴暗房间的沙发或地板上，身边是坐立不安的小孩。包括他们在内一共有十三个人。哈娜和孩子们在旁边一个旧公寓里等着送巴塞姆和杜娅。巴塞姆打电话问蛇头什么时候可以动身。这些人通知他要耐心一点等回电，随时都有可能，取决于天气以及是否容易摆脱警察。等了几个小时之后，巴塞姆又给对方打了电话。他一直没有给杜娅讲交涉了什么，但他表示很快就要走了。

他们离开了公寓一小会儿，去呼吸一下新鲜空气，还到海边小摊上买了沙拉三明治。从当地人的注视中，杜娅意识到他们知道这家人不是来度假的，每个人都知道这些叙利亚人是想逃离这个国家的。当天以及接下来的一天，他们都没有再等到蛇头的电话，很快，杜娅都有点分不清白天黑夜了，每个人都暴躁而紧张。

终于，有天晚上，在公寓里，巴塞姆的电话响了。"准备好，"另一端的声音粗鲁地说道，"半个小时后，晚上九点，离开公寓。下楼，别引起旁人的注意。巴士会在房子后面的街上等着。"他们警告巴塞姆要轻装上阵，上面没啥位置放行李。杜娅在旅行包中加了一袋椰枣和两瓶水，再用保鲜膜小心翼翼地把护照包好放到一个三明治包里，然后把它们塞进旅行包的一个侧袋。里面有他们的钱包，装着五张百元面值的欧元和二百埃及镑。在她旁边，其他难民也在拾掇他们自己的东西。

带着行李，他们都离开了公寓，杜娅和巴塞姆与杜娅的家人道别。他们拥抱了哈娜、萨迦、纳瓦拉和哈姆迪。杜娅眼里充满了泪水，泣不成声。她害怕这也许是最后一次见到他们。

"照顾好自己。等到了就打电话。我们会时时刻刻牵挂你们的，"哈娜对他们说道，就在突然之间，离别对她而言变得更加真实了，"你确定不想改变主意吗？巴塞姆，你可以和我们一起住。请不要走！"哈娜一直试图为了杜娅而勇敢，但现在勇敢被恐惧战胜了，开始为她的女儿和未来女婿担忧。

杜娅试图说服她。"妈妈，这里什么都不会改变，"她强忍眼泪，稳住嗓音，坚定地说道，"在这儿永远不会变得更好。我们已经下定决心了。"

这时候，九岁的哈姆迪转向巴塞姆，双手叉腰问道："你为什么不自己去，把杜娅留下来？我会想她的。"

杜娅微笑着拥抱了哈姆迪："别担心，只要我到了那里，就会把你也带过去，我们会在一起的，一切都会好起来。"

最后，在黑暗中，杜娅和巴塞姆转过拐角，朝着一个昏暗的街角走去，离家人越来越远。其余两家叙利亚人已经在那里等了。过了段时间，一辆白色的小巴士驶过来停下，有个看起来很粗野的大汉，胡子拉碴，一身黑衣，走下来命令他们上车，加入里面已有的三十来个人，所有人都紧贴着，车里才能容纳下来。这个人的声音里没有一点友善。杜娅在巴塞姆的膝头坐下来，把手搁在旅行包上。车里没有一个人吭声，但他们一起对着新来的人点点头。

巴士启动之后，杜娅压着呼吸低声在巴塞姆耳畔说："这些蛇头是恶棍，巴塞姆。我不相信他们，他们把我吓着了。"巴塞姆试图安慰她一切都会好的，尽管这已经不是卖票的蛇头一开始承诺的样子了。

一个人贩子沿着过道走了过来，个头比前一个喊他们上车的要小，不过也是从头到尾一身黑，说话也一样刺耳，看到杜娅后对着她喊："你包里有什么？"

"只是一些衣服、椰枣和水，说好的。"杜娅怯生生地回答。

他点了点头："随时带着你的护照，把它藏在衣服里。"然后他继续往前走，对着下一排重复同样的问题和命令。

约莫一小时后，小巴士停了下来，要求他们都下车。这群人很快就排到了一辆运输沙子的大货车的背后。因为外面天已经黑了，人贩子把后仓门关上并封好后，车里更是漆黑一片。所有人都挤到了一块儿，没地方可以挪动，里面也没有窗和空气循环设备。孩子们出奇地安静，杜娅之前就注意到有个女人明显是怀孕的。"这些人贩子太不近人情了，"杜娅低声说，"我感觉很糟。"

通过外面传来的汽车的喇叭声、音乐和人声，杜娅和巴塞姆可以判断出，货车正在穿越人口密集区域，但过了一阵之后，就只有车轮撞着坑洞和石头的声音了。杜娅一边抓着巴塞姆的手，一边在黑暗中凝视这些难民同胞，想象是什么样的境遇驱使他们进入这危险的旅程。一个小时后，货车突然停了下来，后仓门打开了。杜娅狠狠吸了一口新鲜空气。那么多人挤在一起坐着,她身体都僵掉了。跳下货车,她发现来到的是一片荒凉的海岸,双腿忍不住发起抖来。很多其他难民已经先于他们到达了这里,一家人一起围坐着,或和朋友一起,坐在沙地上,在黑暗中默默等着。

他们发现,加上自己这辆车的四十名乘客,估计现在海滩上一共聚集了大约二百人,这些生命现在都捏在那些非法旅行代理手中。这些人贩子都光着脚,穿着黑衣服,裤腿卷到了膝盖上。他们告诉难民们要完全保持安静,解释说现在正在想尽办法躲开警察和海岸警卫,但据很多报道和说法,人贩子主要还是通过给官员塞钱,来让他们睁一只眼闭一只眼。杜娅看了看表,是晚上十一点。

在沉默中等待是极度折磨人的。天很冷,她多么希望自己的薄外套下有件毛衣。

等了两个多小时后,人贩子开始不加解释地把沙滩上的难民分成三组,第一组一百人,第二组和第三组各五十人左右。杜娅和巴塞姆都在第一组。刚分完,就听到人贩子喊道:"快跑!"巴塞姆捡起他们的包,在这漆黑的夜里,两个人开始朝着翻滚的海浪奔去。那是个多云的天气,加上夜里昏暗,视野很差。杜娅跑的时候甚至看不清自己在前面摆的手臂。几分钟后,有个声音命令他们别跑了,保持安静。然后又开始跑。能听到波浪撞击的声音,还有身边其他人沉重的呼吸声,但毫无方向感,只能跟着人贩子。他们的眼睛已经适应了黑暗,但目力所及看不到船。

相反地,当他们到达岸边,居然无意中发现一群穿着制服的海岸警卫就睡在海滩上。一看到这个,这群人急忙调头朝着相反的方向跑开。杜娅和巴塞姆冲到了队伍的最前头，他们听到子弹声和喊声："你们这些狗！停下！"他们一边跑得更快起来，一边对着其他的难民喊："是个陷阱，快跑！"

巴塞姆拉着杜娅的手，全力向前冲。他背着他们的包，包的重量影响了他跑的速度。杜娅试图说服他扔掉包，跟他说里面没有什么值得让他挨枪子儿的。"不，"他坚持不放，"里面都是我们的回忆。"然后他绊了一下，摔倒了。海岸警卫追了上来。杜娅把他拉起来，两个人继续跑。跟着一起跑的人越来越少了，带着小孩和老人的家庭都已经投降了，他们跑不过警卫。一个和杜娅差不多年龄的女孩还跟着他们俩在跑，她和家人跑散了，想放弃，但杜娅抓住她的手，对她说："跟我们一起，我们会帮你的。"

等他们终于到达了主干道，杜娅看了看手表，已经凌晨3点，他们几乎跑了两个小时。这条路上没有房子，只有空旷的沙漠，不久，他们组的其他叙利亚人也逃脱了，加入了他们。其中一个人正用手机大声和人贩子通话，要求他们开车来接。挂了电话后，一连串问题冒了出来：他们在哪儿？人贩子是不是故意带他们进入陷阱的，他们早就知道警卫队在那儿？"一直在抓人，"一个男人警觉地说道，"海岸警卫队要表现得是在努力干活儿，他们拿了人贩子的钱，允许他们把部分人带到船上。"

所以这就是为什么他们要对我们进行分组，杜娅气愤地想。

巴塞姆、杜娅和那女孩互相支撑着走过附近的道路。能看到前面有农庄，杜娅和巴塞姆朝着农庄走去，杜娅回头看了一下,那女孩已经落在了后头,和另一队叙利亚人在一起。

继续前行,杜娅看到一队面相很凶的年轻人朝他们走过来,二十来个,带着棍棒和刀子。"我和你们的组织者有联系,"其中一个走近说道,试图让自己的声音听起来很友好,"他们让我帮助你们,把你们带回船上去。"杜娅和巴塞姆对那人有一种不好的感觉,但他们不知道还能做什么。别无选择,他们跟着这个男人上了一条小路。

起初另一队难民和他们在一起,但很快地,往回看时发现只剩他们自己了。"其他人在哪里?"巴塞姆问道。

其中一个男人看着他,严厉地说:"别担心他们!"

"他们会赶上来的。继续走,不然警察找到会逮捕你。"另一个人说。

"紧跟着我。"巴塞姆吩咐杜娅。她是这群人中唯一的女孩,他害怕这些男人会绑架或强奸她,而他无法阻止。杜娅走近巴塞姆,感觉他们似乎已经犯了一个可怕的错误,因为跟着这些人走。他俩故意落在最后,低声商量出个办法。两人停了下来,巴塞姆宣布道:"我们要等其他人。"

这些恶棍围了过来,接下来的举止证实了杜娅和巴塞姆的恐惧——要他们交出钱和夹克。

"我们什么都没有了,都给蛇头了。"巴塞姆回答。他紧紧抓住杜娅的手往后退,朝主路跑,这些恶棍在后面一边追着,一边骂骂咧咧。回到主路后,他们气喘吁吁地停下来,希望恶棍们不敢在呼啸而过的这些车辆面前做什么。杜娅因为疲惫和恐惧而哭起来,巴塞姆一边安慰她,一边试图拦下一辆车子。杜娅和他站在一起,希望司机看到是一对恋人的话,会比看到一个人更容易生起同情之心。她口干舌燥，觉得自己随时会因为干渴、害怕和绝望而晕倒。"杜娅，当心！"突然听到巴塞姆一声大喊。接下来她只记得他扑到身边把自己推倒。杜娅从地上抬起头往上看，只见一辆大货车正朝着这边开过来，如果不是因为巴塞姆把她推开险地，她就要被碾为肉泥了。

不少车辆匆匆驶过，但没有停下来帮忙的。杜娅和巴塞姆担心那伙人正在看着，等他们回去。最后，杜娅看到一辆警车过来了，很奇怪地心生解脱。"我们放弃吧，巴塞姆，"她说，"这比被那些暴徒袭击强。"巴塞姆同意了，他们一起跑到大街上。警车一个急刹车，在他们旁边停下来。警官们走出来，拔出枪。一开始他们把巴塞姆推到车身上进行搜查，杜娅在一旁哭。然后警察询问其他难民的下落。"我们不知道他们去了哪里，我们是自己决定放弃的。"杜娅撒了个谎。他们被带到警车后座上，请求喝点水，警察给了一瓶水让他们分。

警察们在这个地区四下搜寻其他想要非法逃离的人，一直持续到天亮。大约六点，他们在一开始发现这些难民的海滨停了下来。在晨曦中，杜娅看到了一个小的军事哨所，夜里它被掩藏在黑暗之中。她还认出了不少同伴旅客，大约有四十来个女人和一些小孩，坐在哨所前面的地上。男人的手都被绑在了后面。杜娅和巴塞姆也被带到了其中。他们坐了下来，旅行包放在两人中间。杜娅觉得难受，头昏眼花。她已经跑了好几个小时，没吃没喝也没休息过。她认出了那个一起待在货车上的怀孕女人。"你看上去病得厉害，亲爱的。"她给杜娅递过来一盒橘子汁，还有一根吸管。杜娅吮吸着甜蜜温暖的液体，立刻觉得好了一些。

第七章｜与魔鬼交易

很快，警察取走了每个人的包，没有一句解释。他说东西都会原样归还的时候，杜娅觉得他不可信，她感到自己有一部分身份被剥夺了。上午，太阳开始变热，杜娅失去了耐心，开始去找她的旅行包。一个警官让她回到刚刚坐的地方，说他会帮她找到包的。过了几分钟，他回来了，说找不到。

杜娅不相信他说的。"这对我很重要，我不介意自己去找。"她站起来和他面对面，在这个肩宽膀大的男人面前显得那么瘦小。这个军官软了下来，叫了三个人去帮杜娅找她的包。她把他们带到行李被取走的地方，只看到撒在地上的衣物。她看到了自己的裤子，皱皱巴巴地，被踩踏过，杜娅走回了警官这边，站在他面前："你看看我的行李！"

此人低头看着她，说道："你敢指责我们偷窃！"

杜娅没有退缩。那个包里放着她所有的一切。"它被偷了，里面的东西对我很重要。"但这抗议没用。每个人的行李都不见了。她想着自己从叙利亚带过来的心爱的首饰盒还有《古兰经》。这些对警官们又有什么价值呢？值得庆幸的是，她和巴塞姆至少把护照和钱藏在了衣服下面，有一些把护照和现金放在包里的人，可就什么都丢了。

在沙漠的烈日下，经过痛苦不堪的等待之后，这群人被叫到一起拍照。然后女人和孩子被引导着爬上了一辆敞篷的军车，开到了主路上。杜娅坐在后面，挨着一个说自己叫霍达的女人，她怀孕大概四个月了。杜娅无法想象在怀孕的情况下还要踏上这段艰难的旅程。她和霍达聊了很多。"我们没有未来，"霍达说，她把手放在腹部，"我离开是为了孩子的未来。"

尽管军车后厢还有位置，但作为一种惩罚，男人们还是戴着手铐，被迫跟着车在正午的炎热中走了几英里。一共有五十人左右，巴塞姆也在其中。最后他们被允许上车，巴塞姆走过来坐在杜娅身边。"你还好吗？"他问道，抓过她的手，他的嘴唇干得裂开了，"我没想到会变得这么难。"

车再次启动，警卫们把他们送到了比里姆巴勒（Birimbal）拘留中心，位于亚历山大市市郊、沼泽地遍布的乡下小镇马图布斯（Matubus）。在那儿杜娅和巴塞姆又被分开了，杜娅站在女人队列中，等着拍罪犯照，还要签署一份承认自己试图非法离开埃及的文件。国家安全部门的一个官员问了她一些关于人贩子们的问题——他们叫什么名字？他们住在哪儿？你们付了多少钱？你们想去哪儿？她尽可能准确作答，回答说那个人叫阿布·穆罕默德。

"在我看来他们好像都叫阿布·穆罕默德。"官员开了个玩笑。另一个官员关心地看着她，用友好的语气说道："别跟着那些人贩子走，他们不是好人。"她被告知自己和巴塞姆因为试图非法离境，要被处以拘留十天的惩罚，然后她被带到了一个都是女人和小孩的房间。男人们则被分开关在另一个地方。这里没有自来水，也没有抽水马桶。臭气和苍蝇令杜娅作呕，她根本没法吃得下东西。每个犯人都领到了一张席子，但没有毯子，也没有洗澡的地方。杜娅没有换洗的衣服，没法保持干净，这让她更加苦不堪言。

随着时间一天天过去，小孩们得了疥疮，妈妈们找不到办法让他们不哭。联合国难民署的女专员来探望了他们，对难民们做了一些采访和核实，呼吁维护他们的权益并发来了食物、盥洗用品、毯子和药品等物资。杜娅被允许给家里人打电话，可以和母亲聊足够长的时间来平复家人的忧虑，并告诉他们过几天就能被释放了。

一个来自无国界医生组织的富有同情心的官员前来探望杜娅，并给她做了检查，强烈建议她吃东西，并警告她注意健康。去男性犯人那边时，她也给巴塞姆做了检查，同样警告他，他的健康状况已经很糟，指出他突出来的颧骨就是营养和食物摄入不够的标志。医生同样注意到巴塞姆显得精神高涨，于是问了问他的境况。巴塞姆告诉医生，他想前往欧洲，和未婚妻杜娅一起开始新生活，她也在女监中。他描述了他们的计划，一起去瑞典，在那儿开一个自己的理发店，然后结婚。他发现医生也给杜娅做过检查，他就探问情况如何。体检一结束，巴塞姆就站起来走到一个警卫那边，请求他让自己去看看未婚妻。

这个粗鲁的警察拒绝了他的要求，但巴塞姆仍然坚持："就几分钟，求求你！"他苦苦哀求。很快，其他男人也从旁支持他："你难道看不出他正在恋爱吗？"警卫最终让步了，让巴塞姆和杜娅待了几分钟。然后每天这一幕都会上演，直到他们被放出来为止，在十天拘留中就缺了一天。这对年轻恋人也赢得了警卫和其他犯人的喜爱。

这次拘留处罚结束后，巴塞姆、杜娅和其他八位叙利亚人被驱车带往亚历山大，在那里填写表格，更新他们的居住许可，交了罚款。在回戈马萨的巴士上，巴塞姆给其中一个偷渡贩打了电话，责问："你为什么举报我们？"那个人否认自己与此有任何关联，问他们想不想再试试，并提醒他们说，钱还在他那里。巴塞姆说回头再打给他，就挂掉了。

杜娅的家人正在等着两人归来。他们回到了公寓，十天来第一次洗上了澡。哈娜给杜娅准备了她最喜爱的食物，炖莫鲁齐亚①叶子，放入香菜籽、大蒜和洋葱，配以蒸米饭。邻居们前来打听他们的磨难遭遇，提醒他们别再试图离开了。埃及当局正在严厉打击偷渡，下一次可能没这么幸运，还能脱身回来。

但眼下，在二〇一四年八月，埃及的叙利亚难民人数正不断暴涨。战火燃到了他们国家的最边远地区，难民想回到叙利亚的希望日渐渺茫。和基地组织有关的极端组织，还有新的恐怖组织，比如努斯拉阵线和"伊斯兰国"，填补了温和反对派的空缺。温和反对派因为在武力上被压制，已经失去了控制权。叙利亚内战不再是两方对垒，而是多个派系在争夺领土和权力。那些在二〇一一年三月的抗议中挺身而出的人，大多数已经丧生，或者逃离了这个国家。到了战争的第四年，这些和政权做斗争的人，几乎没有谁还在代表最初那些抵抗运动的价值诉求。愈演愈烈的，是反对派组织互相之间打个不停。像叙利亚自由军这种温和的组织不仅要和政府打，还要和伊斯兰国这种极端组织打。而在政府这边，来自黎巴嫩真主党和来自伊朗的外国军队增强了他们的战斗力，与此同时，阿萨德政府还引进了国际战争代理人，使得俄罗斯站在自己这边。沙特阿拉伯、卡塔尔和土耳其则站在对立一边。最终，美国、法国和英国加入了同时反对阿萨德政府和伊斯兰国的斗争。联合国从中斡旋，想建立和平对谈，结果失败了，各方之间的停火协议一

---

① 莫鲁齐亚（Molokhia）：产于埃及的一种苦菜，其去茎后的叶子，剁碎后与煮熟的香菜、大蒜烹调，配以米饭、肉类或鱼类，被称为埃及的"国菜"。

再签署，又一再被打破。

德拉等城市早已成空城，原来的居民都离开了，有的去国内相对安全的其他城市投奔亲戚，有的穿过了国境线，甚至穿过了地中海。巴塞姆有很多朋友成功到达了欧洲，他们也鼓励他做同样的事，并保证说，海上的数天旅程是艰难的，但之后事情就会变得好起来。这些朋友穿过地中海之后，去到德国、瑞典和荷兰等国，现都已在那边开始学习或工作。他们通过Facebook的对话告诉他，六个月就能学会当地语言，学成之后很容易找到工作。

那时，欧洲对叙利亚难民充满同情。虽然入境的难民数一路攀升，但相对而言还算是比较小的数字——直到二〇一四年也不满八万——欧洲国家的政府承认这些人是逃避战争而来的，他们申请避难的程序也通过得十分快。

欧洲国家政府一直注意到，对于那些邻近的收容国来说，接纳三百万叙利亚难民只是政治上的权宜之计。为了给那么多逃到埃及或其他国家的绝望难民们提供住所、食物、教育、医疗保健和其他服务，联合国难民署的相应资金也有所增长，但各国政府提供的几百万欧元，无法满足这个迅速膨胀的贫困群体的需要。那些曾经属于中产阶级、具有专业技能的叙利亚人，如今在依靠救济品生活，租着居住标准很低的房子，还要为房租绞尽脑汁，找到的工作也是极大程度上属于剥削性质的。因为收入太低，很多人让孩子去工作而非去上学，靠着采摘蔬菜获得一天四美元的报酬，或在城市街道上卖花。而与此同时，难民更加躁动，渴望去往那些能够合法工作和让孩子上学的国家。

当登上意大利海岸的叙利亚人已经达到了无法忽视的数字，欧洲的政治家们开始寻求与源头国家合作，比如埃及，来帮忙阻止这些船只。他们提供了财政上的刺激，打击人贩子，对试图非法逃离的难民实行拘留和罚款。信号很明显：待在你自己的地方。但是对于像杜娅和巴塞姆这些叙利亚人来说，埃及会扼杀他们的梦想。

巴塞姆和杜娅吃完欢迎回家的晚餐后，哈娜恳求他们不要再想着走了，但晚些时候，他俩就讨论了接下去怎么做。杜娅告诉巴塞姆："在海上快快死去，也比在埃及慢慢熬死更好。"听到她这么说，巴塞姆拿起手机，给人贩子打了个电话。

过了几天，他们接到了电话，说第二天又可以走了。这回他们去了亚历山大一个小平房里等，有四家人在他们之前到达，聚在那里等待离开的信号。当晚就等到了小巴士，再一次，里面塞满了很多家的人，依然有两个人贩子在上面，每几分钟就收到一次电话，然后厉声命令司机怎么做，很快车就朝着另一个方向开去。"他们不知道自己在干什么。"杜娅撞在了巴塞姆的身上，低声嘟囔了一句。巴士加速了，一名人贩子宣布有辆警车跟在后面。司机驾着车开出柏油路，进入到一个大农场的泥路上，加速往前。一路坑坑洼洼，轮胎颠簸着，还时不时就差点撞上棕榈树，女人们忍不住发出尖叫，孩子都哭了起来。警察开了枪，击中车尾和车身。接下来，杜娅和巴塞姆能感觉到车与一堵墙相撞时的冲击力，车身猛然停止。警察包围了巴士，命令人贩子们先出来。警察用塑料袋罩住两个人的头，并且绑在他们的脖子上，强迫他们脱掉了衣服，只穿着内衣。然后把他们的脚踝也绑上，抽打他们。在旁边吓傻了的难

第七章 | 与魔鬼交易

民们,目睹了这一幕羞辱的场景。

"你回来啦,欢迎回来,亲爱的游客!"军官看着杜娅,大笑起来。与此同时,她也认出这正是上次抓住他们的同一个人。巴塞姆求他别把他们带回监狱,愿意交钱脱身。一开始这个军官是拒绝的,后来他又折回来,提出了一个荒谬的条件。说给五千美元就放了他们。两人意识到又得回监狱了。

一开始他们被带到一个体育场过夜,那儿曾被作为军队的营房使用,第二天他们回到了上次那个警局,第二次签署文件,承认自己犯下了想非法逃离该国的罪行。他们也被带回了上次那所监狱。

入监后第二天,杜娅在头疼和恶心中醒来。那是八月二十八日,两人订婚的第一个周年纪念日,杜娅处于极度绝望中。别人是怎么去欧洲的,为什么他们不行?她想知道为什么。

一阵剧痛穿过她的下背部,身体一侧开始疼得不行。她屈膝抱胸坐在一个角落里,请求看守找医生来,但当天不行,因为无国界医生组织的内科医生第二天才有轮班,于是她在极大的痛苦中等到了第二天。

看到杜娅的情况,医生要求释放她并马上带她去医院。当值警察给他的上级打了几个电话,得到了允许,拘留中心的两名官员开着车,带着杜娅和这名医生到了最近的诊所,总共三十分钟的路程。在警察的陪同下进入候诊室,杜娅感到了莫大的耻辱,周围人的注视也使她羞愧不已。

这几个警察都五十多岁了,让杜娅想起自己的父亲,而他们都开始喜欢上了杜娅,主动告诉医院里的每个人这女孩不

157

是罪犯。他们让医院工作人员带她去做检查。一个护士带她去检查室里拍 X 光照片，并且帮她把衣服脱了。她看了看杜娅的身体，开始流泪。"你太瘦了！"她把杜娅带到秤上去，记下其体重，只有八十八磅。杜娅告诉她自己是怎么入狱的。护士也告诉她自己是多么憎恶阿萨德政府，但爱着叙利亚人。她往杜娅手里塞了十里拉，让她去买个三明治，接下来就背诵了一段《古兰经》里面的经文。杜娅被这个护士的善良深深感动。当医生进入房间时，这位护士嘱咐他："好好照顾她，就当她是你自己的女儿一样。"检查中，医生排除了阑尾炎，但诊断出她有肾结石和胃部感染，决定让她在医院中待一夜进行观察。

第二天回到监狱，那位看守对她十分呵护，专门来敲女监的门，检查杜娅是否已经服药。巴塞姆也得到允许来看望，他数了数药丸的个数，并求其他女人留心照看她。十天后，他们再次被释放。"不要再试图逃离埃及，"首席官员对两人说，"祝好运。"

杜娅再一次决定，他们还要继续尝试去欧洲。医院的那段经历让她觉得不光彩，但改变了她的看法——在埃及继续生活下去的想法让人不堪忍受。巴塞姆已经很不愿意再试，但人贩子手里还有他们的两千五百美元。于是他又打了电话，对方给了另一个亚历山大地区的地址。同样的方案，不同的公寓。房子里面是另一家叙利亚人，丈夫、妻子，加四个孩子。他们都是和巴塞姆、杜娅一样，下定决心用生命去冒险的难民，只为了换得希望，争取一个比眼下身处的绝境要好得多的未来。

第八章
噩梦之船

A Hope More Powerful
Than The Sea

第八章｜噩梦之船

二〇一四年九月六日上午十一点，电话来了。杜娅小心收拾好自己和巴塞姆的一些换洗衣服、牙刷、一个封好的大塑料袋，还有一大瓶水，放到了米奇背包里，这是她在叙利亚的学生时代就在用的包。她又用心把他们的护照和订婚证书用塑料纸包上，放到一个三明治包里封好。接下去，把手机、钱包，还有五百欧元加二百埃及镑，装进分开的塑料袋里，确保每一样东西都放在扎在红色背心外面的皮带下面。那些钱是他们上次逃离没成功但留下来的，红背心则是她为这次旅程精心挑选的四层衣服的第一层，在接近中午时分闷热而潮湿的空气里，这些塑料袋很快就使她的皮肤汗津津的了。

位于亚历山大的公寓楼外有五辆小巴士正在等着，车里面已经挤满叙利亚和巴勒斯坦难民，门打开时他们往这边看了一眼，但啥也没说。杜娅和巴塞姆爬了进去，在后面找到一个位置，两个人挤着坐下，把包和两件救生衣塞在他们和窗户之间。里面的人如此拥挤，杜娅简直没法呼吸，几辆巴士就像一个护航队那样朝高速公路开去，车厢里充斥着一种沉默的不安。杜娅把夹克衫拉上来遮住脸，就好像这样能够躲开那些可能在监视的安保武装人员一样。正当她已经快要被里面令人窒息的空气憋昏过去时，巴士驶进了一个货车站，停在一辆破旧的大巴旁边。有人命令他们下车，上大巴。第二辆巴士里面的人，要么坐在别人的膝盖上，要么像捆在一起一样站着。"进来，你们这些狗！"里面一个声音传过来，"男人站一边，女人站另一边！"女人和小孩比男人要多，所以这条规则很快不起作用了。另一个蛇头用很难听的声调喊道："谁要是开口说话，我们就把他扔出窗外！"在杜娅和巴塞姆打过交道的所有蛇头中，这些蛇头是最粗暴和最残忍的。

　　巴塞姆通常总是扮演着安慰杜娅的角色，但此刻也忍不住开始想，万一有问题的话，如何才能逃离这辆车。他根本不信任那些看管的人。他们刚坐下来时，杜娅说了一句"我觉得我们正被带去见死神"，这句话让他深深不安。就在前几天，两人坐在阳台上喝咖啡，她告诉他，虽然很努力地尝试过，她依然无法想象出他们到了意大利或瑞典或欧洲什么地方的画面。上船后，一切对她来说就是空白，好像通往一幢房子的门被打开，但里面什么也没有，只有空虚。"船会沉的。"她断然决然地告诉巴塞姆。巴塞姆当时否认了她这个说法，开玩笑说那是因为她怕水，但现在他也开始陷入怀疑。

　　就在他想要和杜娅说说自己的疑虑时，巴士进到一个休息站。他们被允许歇一会儿，离开座位去商店买点茶点和上厕所。感到头昏眼花的他们庆幸有这短暂的休息，即使仅仅是为

第八章 | 噩梦之船

了买点零食。但是,当他们被通知重新上车时,没有被告知前往何处,不知道需要多长时间,他们对向导也缺乏信任。这时,这场和命运的打赌又变得紧绷起来。巴塞姆想留在休息站,但杜娅担心这样做的话蛇头们会伤害他们,这些人正对着走进巴士的人又打又推,嫌他们太慢了。于是两人又回到了巴士上,他们的命运不再掌握在自己手中。

巴士再次开动时,已过了晚上九点。这辆车带着他们,从后面的公路上经过废弃或建到一半的建筑物。蛇头们拿着棍子在过道里走来走去,恐吓性地挥舞着,偶尔打在那些哭声太大的孩子身上,或者那些胆敢问他们要去哪里的人身上。杜娅望向窗外,认出了 Khamastashar Mayo(五月十五)的标志——这是达米埃塔海滩的一部分。"我们离家很近!"她对巴塞姆说,"我们和家人来过这个海滩!"蛇头们显然选择了和亚历山大那批人不同的出发点,把他们沿着海岸带往接近戈马萨的地方,大概就离着几公里远。她的手机没电了,所以她问一个坐在旁边的男人是否能借用他的手机给妈妈打个电话。"我们就要出发了!为我们祈祷吧。等我到了,会给你打电话的。"

"照顾好自己,我的宝贝儿,要当心,"哈娜回答说,"愿主保佑你。"

晚上十一点,他们到达了一个小站,离一片荒凉的沙滩大约有半公里远。"下车,往海滨跑!"蛇头们喊道。乘客们蜂拥而出,发现其他巴士已经停在那儿了,跟他们一起的前后有几百人。那些跑在前面的人正蹚过浅浪。巴塞姆踢掉他的人字拖,抓着杜娅的手也朝着水边全速冲去。他相信,如果能冲到人群前面会比较安全。他领着她，越过那些因为有孩子而跑不快的家庭，来到了海边。在踏入波涛之前，杜娅恳求他等一等。"我要给自己打打气。"

"相信主的意愿，杜娅，要勇敢，这是我们唯一的机会。"他回答道，把她的手紧紧抓住，一起朝着浅水冲过去。杜娅感到海浪漫过了腿肚子，然后是膝盖，很快到了腰，她生怕自己会被冲走，觉得好像正在经历最可怕的噩梦。

两条木制小舢板中的一条漆成了浅蓝色，大概有三点五米长，正向他们开过来，但要登上该船，他们还得冲过回旋的海浪，一直走到深及巴塞姆肩膀位置的水中，那个高度都已经超过杜娅头顶。但那件小小的救生衣只能让她勉强漂在水面上，即便她牢牢抓着巴塞姆的手。救生衣浮在水面上，围着她的脸，她的下巴勉强处于水上。她立刻意识到，那家救生衣卖五十美元一件的商店骗了他们，这是假货。生产救生衣的新兴产业眼下也加入了压榨难民的行列。其中一些救生衣的填充物是廉价的吸水材料。或者，像是杜娅这件，薄薄的泡沫层仅能提供最小的浮力。她尽力使自己的脸处于水面之上，不让救生衣浮到自己头顶上去。他们到达了小舢板，巴塞姆自己爬了上去，另一个人贩子把杜娅拽了上去。不断有别的人被拉上来，直到塞进二十来个。他们被命令不许出声、肩并肩坐着，最后有个男人把绳索解开，开动马达，把他们送到远处在等待的一艘大船那里。

一个埃及人，很明显也是个人贩子，站在小舢板中央发号施令："把你们的埃及钞票和手机 SIM 卡交出来，到了欧洲它们都用不上。"如果旁边的人稍有迟疑，他就会咆哮起来。

船上的人毫无选择，只有乖乖上交。杜娅把钱包从她的背心中掏出来，放在膝盖间，小心翼翼地抽出一百埃及镑，把它递给巴塞姆，而其余的钱她又藏了回去。另外她还把两人的手机藏在了背心的带子里。当他们靠近那艘要带着他们出海的船时，杜娅感到一阵眩晕。她和巴塞姆都不曾奢望，带自己去欧洲的船，能和人贩子们贴在 Facebook 页面广告上的一致，或者如之前那人在电话里所描述的是"四星级游艇"。但眼前这艘船的破旧程度，跟他们的最低期望也仍然相去甚远。它的蓝色漆皮已经层层剥落，边缘都烂掉了。船上用来收网的装置显示，这毫无疑问是艘拖网渔船而已，根本不是载客用的。杜娅再一次在心里安慰自己，默念着：我们终于完成了旅程第一阶段，我已经上船了，就不用再下水了。

等到杜娅和巴塞姆爬上甲板时，那里已经有好几百人了，大家都连推带拉地上来了。他们很快了解到，其中一些面带倦容的旅客，已经待在上头好几天了。他们漂在海上，不耐烦地等着他们这一组加入，以便让这艘渔船被塞得满满当当。人越多，人贩子的利润就越大。巴塞姆算了一下，至少得攒够五百个难民他们才会走，如果每人交两千五百美元的话，这次行程将收到超过一百万美元，要是小孩也收费的话，利润更多，船上至少有百来个小孩。

他们的船已经被塞得如此之满，杜娅环顾四周，想知道那些落在他们后头的人是怎样挤进这剩下的一点空隙的。突然间，她听到有人喊："警察！警察！"——接下来就是子弹打中船身侧边的声音。

"往前开！"蛇头们大喊大叫道，发动机开始转动，船急速开动起来。人们开始冲向甲板,大声祈祷自己别被打中。杜娅紧紧抓住船的边沿,同时把头埋进膝盖,担心自己会被正在波浪起伏中全速前进的船抛出去。等到他们到达子弹射程之外,她才敢抬起头。她从边沿看出去,意识到在一片黑暗中,自己再也看不到海岸了。

抓着船舷时,杜娅心里十分害怕,因为她和巴塞姆走丢了。她刚爬上船时,被引到被遮盖着的中层甲板坐下,这里是专门分派给女人的区域,而巴塞姆被送到了上层甲板,男人们都坐在那儿。杜娅被夹在两个女人中间,膝盖顶着胸,发着抖,孤单一人。如果是一家人,则被告知到船的另一边,或到甲板下面去找地方待着。船上闻起来有鱼腥味,厕所里发出恶臭,每个人都觉得恶心。她周围已经有好几人因为晕船或难闻的气味而吐起来。

乘客们开始急切地小声互相做自我介绍,试图用这种方式,在痛苦和恐惧中找到一种团体归属感。他们当中大多数人是叙利亚人,但也有二十七个巴勒斯坦加沙地区来的家庭,还有大约二十五个来自苏丹和索马里的非洲人,以及大约十个埃及人。只有一半乘客带了救生衣,杜娅怀疑他们中大多数人水性比自己好不到哪里去。有个男孩穿着件儿童码救生衣,大概就到他胸部以下一点点。她开始为每个人的安全祈祷。

星期六,拂晓时分,在船上每个人都历经了一个无眠之夜后,船关掉了引擎,另一艘渔船靠了过来。人贩子命令难民们换到那艘船上去。杜娅不明白为什么要挪来挪去,但她听说这就是这种私下航行的续航程序。在海上,船在不同的区域,需要取得相应许可才能行驶,某种方式上也能使这种偷运少引

第八章 | 噩梦之船

起海上巡逻队的注意。两艘船肩并肩靠着,虽然它们被绑到了一起,但还是会彼此漂移远离,然后又拽回来挨在一起。从一艘破船上往另一艘破船上跳时,杜娅和自己的脚做着斗争,努力保持平衡。她非常不情愿地接住一个人贩子的手,这人在另一艘船上把她拉了过去,与此同时,另一个人贩子在这边把她推了过去。

这一次,乘客们被允许选择自己想待的地方。巴塞姆和杜娅在第二艘船上终于又会合了,他把她带到甲板上的一个地方,可以背靠在船的一侧。他们挤在一块儿,坐在救生衣上。没有地方可以躺下来,杜娅把头枕在巴塞姆肩上,而他的头就枕在她的头上。

船启动之后,船员们有点可悲地试图表现出慷慨仁慈,他们走到甲板上来分发一些过期罐头和加工后的腐肉。巴塞姆吃了一些他们带来的椰枣,杜娅一点胃口都没有。船动起来的时候,厕所里那些东西也都跟着晃,搅出一股可怕的臭气,钻进杜娅的鼻孔,搞得她简直无法呼吸。她只能一遍遍地告诉自己,只要忍三天就好,然后就会被意大利人营救走,这场噩梦就结束了。当海面平静下来的时候,晕船会暂时得到缓解,乘客们取出装在包里的小食——饼干、干果和小盒水果,互相分享。在很短的一小段时间内,大家的精神会振奋起来,开始讲故事,交换彼此对于未来的梦想。

杜娅观察着周围的人,想象着他们为何会来到船上。她一直对巴勒斯坦的形势很感兴趣,在德拉还交了一些邻近的巴勒斯坦朋友。看新闻时,她为他们在加沙受到的不公平对待而感到义愤。现在,她知道船上很多难民家庭是从以色列最近的一次军事进攻中逃出来的。还有一些是从叙利亚来的,叙利亚曾经是巴勒斯坦人的天堂,而如今那儿的政府也不再庇护他们了,不管他们是和阿萨德政府结盟,还是不情愿地拿起武器站在另一边,都会成为射击的目标。杜娅注意到坐在旁边的一个四口之家,她和这家的母亲开始攀谈起来。他们来自大马士革的雅尔穆克难民营,她和丈夫伊马德使出浑身解数,想要安慰躁动不安、正在哭泣的两个女儿,六岁的桑德拉和十八个月的玛莎。杜娅问他们前往何地。母亲说他们的目的地是瑞典,她丈夫的弟弟已经过去有一年了,他们八岁的大女儿桑德拉也和他一起先过去了。他们想的是,如果先送大女儿过去,那么至少家里有人活下来的概率会高一些。这位妈妈请杜娅帮她抱一下小玛莎,然后站起来,又让杜娅把孩子给自己,好带她去厕所。只在片刻之间,杜娅抱紧了这个温暖的小身体,然后递回到她母亲手中。

看着玛莎和她妈妈穿过人群去找厕所时,杜娅忍不住想:这艘船上的每个人都一定有一个悲惨的故事。但她也注意到,几乎没有人提到自己的过去。相反地,他们的谈话集中在未来,熬过海上这些悲惨的日子,开始新生活。随着时间一天天过去,乘客们形成了一种团结。大家特别关照孩子们——给他们讲故事,给他们提供一小口水,或者一点小饼干什么的来款待他们。这里没有派别、信仰或道德上的阻隔,他们只是一些希望互相帮助,以支撑过这几天的普通人。

杜娅思念着自己从叙利亚带到埃及来的《古兰经》,那是她最珍贵的物品。从十岁起,每天上床睡觉前,她都要读一读,白天也经常随机地读。只要她觉得需要些安慰的句子来让

第八章｜噩梦之船

精神平静一下，就会拿出来。读完以后，再把它放回装饰着粉白相间的几何图案的硬盒中。现在，《古兰经》能抚慰自己，不过这个想法刚冒出来，就马上被一股气愤取而代之，因为她记起来，它当时装在黑色旅行袋里，随后在自己被逮捕时被没收了。于是她心头马上被恨意充斥，对人贩子的恨和愤怒，对警察还有那些想从她这样的难民身上攫取利益的人的愤怒。

过了一会儿，一个人贩子走到他们这边来，手里举着一本书。"有人掉了一本《古兰经》，有谁想要？"他是他们中唯一一个和颜悦色对难民们说话的。巴塞姆正在和旁边一位叫瓦利德的巴勒斯坦男子说话，瓦利德要下了这本书，但他不想显得自私，就问巴塞姆和杜娅要不要。杜娅附在巴塞姆耳边说："我确实需要那本《古兰经》。"瓦利德微笑着把它递给了杜娅。手握这本小小的神圣的书，她感到力量和解脱正重归身体。是手上柔软的皮革给了她宽慰。她亲亲封皮，迫不及待地翻开它，开始读里面那些来自主的话，仿佛得到了保护之物。翻阅过程中，她发现里面夹着纸片，上头有手写的祷告词。当把它们都读完后，她小心地合上了书，检查了一遍，确保纸片没掉出来，然后把它塞到T恤里，挨着胸口放好。

有时候，其他女人坐在杜娅旁边，看到她拿出《古兰经》，就会跟着一起背诵里面的经文，祈祷这艘船能够平安到达意大利。她左边的一个女人，主动谈起了自己在黎巴嫩的一个巴勒斯坦难民营里的艰难生活。她问杜娅，是什么让她离开叙利亚，准备去哪儿。当她了解到杜娅和巴塞姆在埃及订了婚，并且准备去欧洲结婚时，这个自称乌姆·卡里尔——她那两岁的还在长牙的儿子喊她"卡里尔妈妈"——的女人高兴地叫了起来:"你是个新娘呢!到了欧洲,我们要给你们办个美好的婚礼!我们要整夜跳舞唱歌!"杜娅被感动了。另一个坐在旁边的叙利亚巴勒斯坦中年女人也插话进来:"等我们到了意大利,要给你买最好看的衣服,开两场大派对——一场庆祝你们的婚礼,一场庆祝我们到达目的地!"

"你这么幸运,能和巴塞姆在一起。"乌姆·卡里尔对杜娅说道,盯着巴塞姆的眼睛对他微笑。见此,杜娅突然被唤起了占有意识,于是转向巴塞姆,并离卡里尔远了一点。

巴塞姆立刻看出了杜娅脸上强烈的忌妒神情。"你应该继续和她说话,她人很好。"他在她耳边轻轻说道。

"你这么说是啥意思?"杜娅有些吃惊地问道。他在利用她来接近其他女人吗?她内心开始嘀咕。

巴塞姆对她咧嘴一笑。"你是忌妒了吗?"他逗她。然后,看到她是真的忧伤起来,他赶紧向她保证:"我眼里只有你,我的爱。"听到这句话,杜娅对他噘起嘴,拉过他的手。"两天后,我们就要到意大利领海了,"他预测道,"然后我们就去瑞典结婚,开始组建我们的家庭。"巴塞姆从其他已身在欧洲的朋友那边听到的说法是,一旦船抵达意大利管辖的区域,人贩子就会发出求救信号,利用 GPS 向海岸警卫队报告他们所在的地点。有时候,人贩子们自己会搭乘同伙的船,在营救到来之前就离开,让难民们自己待在没有水手也没有船长的船上。如果不是这样,他们就会假装自己也是难民,避免被捕,并要求难民们发誓不泄露他们的身份,而一旦逮着机会,他们就第一时间从人群里潜逃。

船上没有一个乘客知道他们要去哪里。四周没有航标,只有茫茫水域包围着。人们不时检查有没有手机信号,但谁也没找到。

那天夜里,乘客们冷得瑟瑟发抖,他们薄薄的衣服被冲上甲板的浪花打湿。乌姆·卡里尔的小孩子用手指轻轻触摸着杜娅的脖子,拽着她的项链玩儿,把她弄醒了,她没有因此懊恼,反而觉得这种触摸让自己平静了下来。

第三天早上,太阳升起,他们的衣物等东西又被晒干了,但空气变得十分闷热。杜娅的衣服扎着她,用塑料纸包好的文件和压在下面的手机,好像要融化到她的皮肤里去似的。将近傍晚时分,又有另一艘船驶近。"动一动,过去。"人贩子们再次命令大家换船。乘客们一边抱怨,一边还得照办。他们必须换乘,才能继续下半段旅程。让杜娅吃惊的是,只有一百五十个乘客和她,还有巴塞姆一起下到了后面来的船上,另外的乘客留在了原来那艘船上。人贩子们解释说,浪太大,人太多,所以不得不分开,于是他俩听从了人贩子们的安排。巴塞姆乐观地推断出,人数更少反倒有可能更早抵达意大利。杜娅看着周围的人,有些困惑,但仍充满希冀,她注意到两个小女孩玛莎和桑德拉也在,跟着她们的父母一起上到这边来了。这已经是他们这一路上换乘的第四条船了,她希望也是最后一条。

星期四早上,九月九日,这段旅程的第四天,杜娅和巴塞姆看到远处有另一条渔船。随着船靠近,他们反应过来,这正是昨天离开的那艘船。再一次,没有任何解释,船又开了过来,人贩子们让乘客们换回去。这是个大风天,海水直往船上拍。他们把绳子甩到大船上加强连接,两条船撞到了一起。此时,杜娅想起在德拉,一个炸弹在身后爆炸时,那种声音带给自己的恐惧。

人们排成一行返回原来那条船。孩子们被强壮的男人像扔装着土豆的麻袋似的扔过去,一个个吓得哇哇大哭。杜娅被放下时脚滑了一下,摔到甲板上,直接滑向另一头。巴塞姆把她扶起来,然后他们看到了恐怖的一幕,那个把《古兰经》送给杜娅的巴勒斯坦人瓦利德,从一条船跃向另一条船时把手陷到了两条船之间,而海浪猛地推着船侧,把两条船撞到了一起。只听到瓦利德放声惨叫。当他最终把自己拉回甲板时,手指已经断掉了,血四下喷溅。乘客们冲过去用纱布给他包扎止血,但手指就这么没了。他坐在甲板上,悲痛地抽泣。杜娅恐惧地看着,吓得动弹不得。

人贩子们无动于衷,仍然吼叫着下命令,逼迫其余乘客上大船。有个男人跌倒了,脸朝下摔在一根铁杆上,头上直接划开了一条大口子。有个跟他认识的女人,镇定地从包里拿出针线,帮他缝了起来,杜娅看得胃都在抽搐。

等到所有乘客都换过来后,大船重新发动引擎往前开,一个船员拿着一大袋不新鲜的皮塔饼在甲板上绕了一圈,他把一小片递给巴塞姆时,看了杜娅一眼,说道:"你需要来点,保持体力。"杜娅摇摇头,平静地回答:"谢谢你,我不饿。"巴塞姆有点恼火,把她那一份拿了过来。这已经是在海上的第三天,杜娅只吃过一次东西,还是别人给她的一口金枪鱼罐头。瓦利德坐在旁边,明显很痛苦地紧紧抱着手。"我觉得自己要死了,伤得很厉害。"他发着抖对杜娅这么说。她在他身边跪了下来,读了几段《古兰经》的经文,希望这样能给他一些慰藉。

第八章 | 噩梦之船

这条船上的船员要比前面那条上的和气很多。一个从加沙来的巴勒斯坦人舒科里——带着妻子和两个小孩,丽塔和亚门——和船长说了会儿话,了解到他不是人贩子,而是同样想要去欧洲寻求庇护的人。船长告诉舒科里,自己曾经在监狱里待过好几年,等终于被释放出来后,需要找份养家的工作。所以他和几个朋友找人贩子做了个交易,由他们来驾驶这条船,把乘客送到欧洲,而他们自己也可以去欧洲找工作。船长请求舒科里和其他人不要把他和其他船员揭发出来。他解释说,和大家一样,他们也都是在埃及待不下去,想要寻找更好的生活的人。

难民们向他保证不会出卖他们,但同时也变得越来越失去耐心,对这段旅程感到失望。他们先前都被告知,说最多花费两天,而事实上都快过去三天了。

下午三点,乘客们震惊而沮丧地看到,又有一条船在迫近。别又来了!杜娅心想。这船比上一条还要小,全身都掉漆了,金属的部分也锈迹斑斑。上面有大概十个船员,他们把船靠了过来,命令道:"都换过来,不然我们把你送回埃及去。"乘客们这次一致拒绝了,这几天来大家已经形成一种团结,因为大家的共同目标是活着抵达意大利。新开过来的船实在是太破旧。"我们动太多次了。"有一个难民抱怨道。有个小孩子的家长也出来说道:"我们绝不换到那条船上去,孩子们受了太多罪了。"杜娅想到瓦利德的断指,也根本不敢想再换船的事。

每个人都坚定地拒绝这次更换。面对他们如此众口一词的反对,人贩子们也没办法,只好妥协。双方做了个口头协议——乘客们可以继续待在这条船上,只要他们所有人都答应靠岸后一起说谎，称船长和船员们都是从叙利亚内战中逃出来的难民，而这船是他们自己开过来的，上面没有人贩子。

  乘客们很快就同意了，船员们看来也松了口气。船长重新开动引擎往前，把另一条船留在尾波里。"还有多久？"有人问他。"还有十九个小时，我们就要到意大利了。"船长向他们保证。闻听此言，乘客们欢呼并鼓起掌来。"安拉保佑，我们要到意大利了！"瓦利德拥抱了杜娅，又拥抱了巴塞姆。自从驶入大海以来，这是第一次，杜娅觉得他们可能真的要到欧洲了。

第九章
剩下的只有海

A Hope More Powerful
Than The Sea

第九章 | 剩下的只有海

杜娅和巴塞姆回到左侧甲板上原来的位置，挤到其他人中间坐好，准备抵达这段旅程的最后一站。距离目的地如此之近，人们都开始放松，情绪也变得好了一点。安下心来的父母帮孩子把救生衣解开，以便更舒服点，还让他们垫着救生衣坐在甲板上。在平静的海面上，船行驶得似乎比之前要快，乘客们一起说说笑笑。头顶上太阳明晃晃，一些人受不了白天的高温，就把塑料米袋绑在一起，支起来当凉棚用，自己躲在下面，不过杜娅还是坚持待在太阳底下，享受脸上被晒得暖暖的感觉。她告诉自己，再过十九个小时，这一切就到头了。然后巴塞姆和我就会到达欧洲，一起迎来新生活。那些被投进监狱的日子，那些在货车后厢和大巴上度过的可怕时光，在沙漠里精疲力竭的奔跑，都是值得的。她轻轻捏着巴塞姆的手，把头靠在他肩上。他也给了她一个充满自信的微笑，并耳语道："我们很快就要到了，杜娅。"

听到这句话,杜娅也笑了,她闭上双眼,在船身的摇晃中,在日晒之下,渐渐沉入梦乡。然而,只是打了个小盹儿的工夫后,她就被马达声和人声惊醒。她听到有男人用埃及方言大喊大叫。这是在他们换到这艘船约半小时之后。她和巴塞姆都站了起来,抓着船舷,探出栏杆,想看看是哪里吵起来了,然后,他们看到一艘侧身喷涂着 109 的蓝色渔船正全力冲过来。它有两层甲板,比他们置身其中的这艘更大也更新。杜娅能看到上面有十个人,穿着平常的着装,不像那些人贩子一样全身黑。有几个戴着棒球帽,这样就看不清脸了,但其他人看起来并不在乎乘客们会不会看到自己的脸。杜娅从没见过海盗,但看着那些人满脸恶狠狠的样子,灌进她脑海里的就是这个词了。

"你们这些狗!"他们喊道,"婊子养的!停下来!你们以为自己还能去哪儿?还不待在你们自己的国家等死!"

当那艘船离他们只有几米远的时候,杜娅这边船上的一个人贩子对着这群人喊道:"你们到底在搞什么!?"

"送这些脏狗去海底!"其中一个大喊着回答。突然间,这些人朝着难民船投掷起了木块,眼中充满仇恨。他们的船开始加速,调转方向,远离了一会儿,然后又掉头对着杜娅他们的船冲过来。因为恐惧,她全身都僵住了。

"杜娅,杜娅,穿上你的救生衣!"巴塞姆疯了似的喊道,摇着动弹不得的她,同时,惊恐的尖叫和孩子的哭声,打断了正在绝望祈祷的人。撞击是如此猛烈,就好像被炮弹打中了一样。杜娅跌跌撞撞向前,几乎摔出了栏杆,但巴塞姆伸出手臂抓住她,总算安全地留在了上面,但其他人就没这么幸运了,纷纷摔了下去，掉在甲板上和其他乘客身上。杜娅耳边听到一声尖叫，但她也分辨不出来自哪里。她自己的嗓子已经叫都叫不出来了。混乱之中，她还把救生衣弄丢了，急得爬来爬去翻找。巴塞姆一把把她拉起来，这时她意识到船已经开始向一边倾斜。哦，天哪，杜娅内心喊道，别让我进水里，让我现在就死也别让我掉到海里。她用一只手抓着栏杆以保持平衡，另一只手抓着巴塞姆的手。

"听着，杜娅，"巴塞姆说道，"一直抓着我的手，别松开，我们会挺过去的。我发誓不会让你沉下去。"

在那艘发起攻击的船上，男人们还在往这边扔木块，同时能听得到他们的狞笑。这笑声是她这辈子听过的最恐怖的声音了，无法相信，这些人一边试图弄沉载有小孩的船，一边还在享受这种残酷。她身边都是惊恐万状的尖叫，人们绝望地乞求神明能来相助。

攻击船只最终调转船头再度远离，杜娅希望这场屠杀就此终止，那些人只是想吓吓他们罢了。但很快，他们又转回头朝这边加速冲来。于是她终于明白，这些人是毫无人性的，意图杀死船上的每个男人、女人和小孩。这一次，当他们狠狠撞击杜娅所在这艘船的侧面时，这艘快要散架的船猛地一抖，开始急剧下沉。

巴塞姆摇晃着保持平衡时，手也和杜娅突然脱开了。人们纷纷朝前翻滚跌倒，杜娅一下子就看不到巴塞姆了。她紧贴着船沿，保持直立，因为有很多人在推着她。

随着这边的人们挨个儿落水，攻击船只上的人开始大声嘲笑，喊着他们每个人都该掉下去。"让鱼把你们啃个干干净净！"他们一边喊一边扬长而去。冷血的嘲弄在杜娅的耳边回响。

难民船的一半已经沉入大海，而且速度很快。杜娅想到，这几百人都被困在了船体内。他们难逃一死，她一边想，一边抓着正在下沉的船的边缘。我们也一样。

尽管用尽全力紧抓，但随着船往下落，她的手指还是打滑并松了开来，整个人落入海中，立刻就被淹没了。杜娅发现自己在塑料米袋的下面，就是之前乘客们绑起来乘凉的那一大片米袋。她疯了似的扑腾着胳膊，想要伸到水面上去，然而只看得到自己和其他几十个人一起被陷在塑料袋下面。为了战胜恐慌，她闭上眼睛，然后再睁开，附近的人都在和沉重的塑料袋搏斗。呼吸不到空气，也没有办法可以到达水面。此刻她想起当年堂兄把自己扔到水里，大口呛水的情景。这一次，没有家人会把她拉上去，只有冷冷的咸海水，她奋力拼搏，想要屏住呼吸，却禁不住吸进更多的水，同时胸部和眼睛后部感到越来越重的压力。然后她看到了一缕微弱的阳光，并注意到塑料袋上有道裂缝。她把手伸出去，觉得它们仿佛在缓缓飘动，她趁势把自己从这个小洞里拉了上去。她露出水面，终于呼吸到空气。杜娅意识到这片塑料袋还系在船上，如果从上面爬过去，能够到达船尾——这是唯一还浮在水上的部分——然后抓住它的一边。她沿着塑料袋爬着，终于到达船的边缘时，她用尽全力紧紧地抓住，几乎都要感觉不到自己的手了。她大口大口地喘着气，然后转过身来看身下，那些困在塑料袋下面的人渐渐不动了。

她开始朝着周围大喊，但都被船的马达声淹没了。朝着海面看去，只见大家被散成了一簇簇，都在喊着亲人的名字，求真主保佑。人们绝望地抓住任何能够漂起来的东西——行李、水罐，甚至是其他人，拽着他们一起下沉。杜娅发现身边这片海已经被染成了红色，有人被卷进螺旋桨，叶片把他们搅得粉碎。尸体的碎片漂在她四周。这比她在战争中看到的任何场景都要可怕。杜娅恐惧万分地看着有个孩子一边哭一边挣扎着抓住船，然后失手没抓住就滑进叶片里，他小小的身体被切成了数块。耳闻目睹，尽是尖叫和鲜血。她强迫自己收回视线，盯着甲板，她看见一个已经死去的人被困在原本用来绑渔网的金属架上，脖子上缠着一条绳子，手臂和腿都被切了下来，脸上都是血。

被震惊和恐惧吞噬的杜娅开始绝望地喊："巴塞姆！"害怕他也已经成了死尸之一，她一遍遍喊他的名字，并一直盯着那个被困在绳子里的男人的碎尸看。几秒钟后，她听到了巴塞姆的应答："杜娅，杜娅，别看着他，看我！"杜娅朝着声音的方向转过去，发现了海面上的他。船的金属边缘已经割破了她的手，她的腿也浸到了水中。她想到巴塞姆身边去，但又不敢跳进水里。船沉没的角度正好把她对着还在旋转的螺旋桨。越来越多的人被卷进叶片。不管怎样，她还是没有勇气放开手让自己掉进海里。"放手，不然你也会被切成碎片的！"巴塞姆一边喊，一边想游过来，但是海浪阻挡着他。

这时杜娅听到有个声音在对自己说："照他说的去做，杜娅！"是瓦利德。他正用没受伤的那只手抓着下沉的船尾，死死盯着螺旋桨。此刻他的视线从那上面离开，转向了杜娅，脸上呈现出惊恐的表情，他说："我不会游泳，也没有救生衣。"

"我也不会。"杜娅的救生衣早就没影了,而且他们俩都离螺旋桨越来越近。

巴塞姆继续喊道:"杜娅,跳!马上!"

"我们必须跳!"杜娅对瓦利德也发出了喊叫,虽然她自己也吃惊于这个想法。

瓦利德脸上的恐惧被悲伤取而代之。"把你的希望交给主,"他充满仁慈地对她说,那感觉让杜娅忍不住想哭,"如果你相信主,他就会救你。"

她闭上了眼睛,张开双臂,朝后倒下去,手臂和腿都张开落在水面上。她仰着漂了几秒钟之后,感到有人在拉自己的头巾,然后头巾就被从头上扯下去沉到海里了。她背朝海面浮着,感到自己的长发末端被人往水下扯,那些沉在下面的人,不管三七二十一,抓到什么就扯什么,想把自己拉出水面。他们的手试图抓住她的头,把杜娅的脸也扯到水下。无论如何,她都想办法把他们的手推开。她大口呼吸着空气,身体竖了起来,手和脚也一起动起来,好让自己把头露出水面。她记起了游泳是怎么回事,所以尽自己所能来对付水,同时看着船身的最后一点被海浪吞没。最后,船全部不见了,留下的只有残骸、血、尸体和一些其他幸存者。她能感到在身下有东西在动,并意识到那是溺水的人,他们任何时候都可能抓住她,把她也拉下去。

然后,她发现巴塞姆带着一只蓝色的游泳圈向自己游过来,像是儿童泳池或浅海里用的那种泳圈。"把你的头套进去,这样就能浮着了。"他把这个只有一部分还鼓着的圈从她肩膀上递过来。杜娅担心自己会被人扯住腿,赶紧整个人都趴了上去，只把手和腿悬在旁边，然后突然地，她因为惊吓和疲倦晕了过去。巴塞姆泼了些海水到她脸上，又让她醒了过来。

太阳开始渐渐落下地平线，海面变得安静平滑，眼前看到的场景变得怪诞可怕起来。幸存者们一小团一小团地聚集在一起。一些人穿着救生衣，但仅仅能保持将头露在水面上。很多人买到的是假货，根本浮不起来。杜娅想知道，人贩子们卖这种救生衣，是不是从一开始就想让他们淹死算了。

巴塞姆在杜娅身边划着水，扒着她的塑料圈，他看到有个认识的人带着一小瓶水，就求对方给杜娅呷一口。咽下了一小口水之后，杜娅立刻就把之前吞的海水全都呕了出来。吐完了一肚子咸水，她的头脑也变得格外清醒起来，马上注意到周围在哭号的人们。不远处传来了舒科里极其痛苦的喊叫声，这个他们在船上遇见的巴勒斯坦男人，他用一只手拖着一大袋空水瓶漂着，一遍遍喊着他妻子和孩子的名字："希亚姆！丽塔！亚门！"然后用另一只手划着水到处问其他幸存者："你看到我老婆了吗，还有我家小孩？"当他划到一个朋友的朋友身边时，停了下来。那个人已经失去了妻子和孩子，哭得十分伤心，他问舒科里："我怎么给我妈讲，说他们都不在了？"

有个女人拿出一个防水手机，试图和周边的人一起找到可以拨打的紧急号码，但没有网络信号。还有另一个女人把手机包到塑料袋里，取出来发现并没有进水，原本希望这个可以运气好一点找到信号，然而发现电池已经没电了。

黑暗渐渐笼罩在这些漂在水面的幸存者身上，海水变成了深色，而且开始起浪。杜娅冷得发抖，湿湿的衣服紧紧贴着她。波浪不断把抓着手围在一起的人们分开，而他们原本希望,这样可以更容易被发现,以便获得营救。巴塞姆紧紧抓着杜娅的游泳圈,而杜娅紧紧握住他的手臂,害怕他也会漂走。几个小时过去了,孩子们的大声抽泣变成了微弱的啜泣。杜娅感到瓦利德给自己的那本《古兰经》还在胸口,这给了她一丝安慰。她开始大声背诵经文,很快,围着她的人也加入了。在这个小圈子里,她有那么短短的一刻觉得离真主很近。月亮和星星是他们仅有的光源,照在生者身上,也照在死者身上。尸体漂了满满一圈。"原谅我,杜娅,你不应该看到这样的事情。"巴塞姆向她说着抱歉,但她只是摇着头,把他的手臂抓得更紧了。

在船只沉没后,还有五十到一百左右的人活了下来,但随着这一夜过去,会有更多人死去,因为寒冷、疲惫和绝望。一些失去了家人的人选择了放弃,他们把救生衣脱掉,任凭自己沉入大海。有一次,杜娅听到周围的人正在努力试图挽回一个在脱救生衣的年轻人。"别这样,"其他人请求道,"别放弃。"但这个年轻人坚持这么做了,直直沉了下去,他离得非常之近,杜娅几乎可以触碰到他。

绝望之外,剩下的人倒是形成了某种团结。有救生衣的游向那些没有救生衣的,给他们送上肩膀,可以靠着休息一会儿。那些还有少量食物和水的,也和大家一起分享。而意志力坚强的,则四处安慰和鼓励想要放弃的人。

巴塞姆把外套脱了,以免它的重量把自己往下拖,但他的力气在一点点消耗殆尽。这些人在水里待了快十二个小时了。"对不起,杜娅,非常对不起。"他不停地道歉。因为自己坚持坐船,而这本来就让杜娅很害怕,此刻他内心更是充满了挫败感,"发生这些都是我的错。我不该让你上这艘船的。"

"我们一起做出的这个决定。"她很肯定地回应他。他的牙齿冷得打战,嘴唇发青。看到他如此虚弱,眼泪不禁从她的脸颊上滑下来,但她依然坚定地说道:"我们会挺过去的,巴塞姆。"她用他在船上安慰自己的话来安慰他:"我们会得救的,我们还要一起组建一个家。"

"我向主发誓,杜娅,我爱你胜过爱世上任何其他人。"巴塞姆紧握着她的手说道。他把手交叉着放在浮板边沿,把头搁在上面休息,一会儿醒来,一会儿睡着,漂荡着。杜娅握紧了他的手,仿佛这是唯一的能够使她坚持下去的事物。

第二天太阳升起来的时候,杜娅清楚地看到,夜晚带走了至少一半的幸存者。尸体漂满她的身旁,都是脸朝下,发紫,肿胀。杜娅认得其中一些,但他们也不是最初那批幸存者里头的。她突然明白过来,这些都是船刚沉时落水的人,尸体到现在才浮上来。那些在她眼前淹死,没有挨过这个晚上的人则消失了。很多漂在水上的尸体,双手都紧紧拢在胸前,显得他们死前非常冷。而那些挨过来的,没有救生衣的幸存者,则不得不绝望地紧紧抓着尸体以保持漂浮状态。

杜娅被尸体的臭味熏得作呕。当巴塞姆醒来发现这一幕时,他又开始了道歉,这一次,杜娅从他的语气中听到一种无奈,似乎已经放弃了存活下去的希望。这些道歉就好像说再见一样。

"不要担忧,"她对他说道,感到自己胸中充满了对他的爱。和他一样,她开始接受可能再也坚持不下去了。"这是我们的命运。"

一个在附近的男人，注意到杜娅和巴塞姆的精神正在低落下去，他赶紧冲着巴塞姆喊道："动一动，不然你的身体会僵掉！"于是巴塞姆放开了救生圈，游了几分钟，四周找了找有什么可以给杜娅捎回来的——一瓶水用来润润他们发干的嘴，或是一盒水果用来战胜让他们头昏眼花的饥饿。但，什么都没有，除了无尽的海、上下浮动的人头，还有碎木块。他回到了杜娅身边，摇着头。太阳开始变得越来越热，这让他们的身体暖和了起来，而同时也更加渴了。巴塞姆因为吞进去的海水而感到十分难受，于是杜娅把自己的手指伸进他的喉咙，帮他呕出来。之后，巴塞姆再一次把手交叉搁在杜娅的充气游泳圈上，把头搁在上面休息一会儿。

一群幸存者聚集在这对恋人周围，踩着水。有几个似乎已经陷入精神混乱，说着毫无意义的话。其中一个说道："那边有个咖啡馆欸，过去喝茶呀！"对周遭这些都置之不理，巴塞姆只一心看着杜娅，他提高了嗓门，这样所有人都能听到他庄重的发誓："我爱你胜过我认识的任何人，我很后悔让你遭遇不幸，我只想把最好的给你。"杜娅从他眼中看到一种发烧的症状，而他盯着杜娅的样子就好像要看最后一眼似的。他语气中的急迫感，是从他吓唬她说，如果不嫁给自己，那么他就要回叙利亚那次以来所从未有过的。就好像把这些话说出来，成了他要做的最重要的一件事。"照顾好你是我的责任，"他说道，"但我失败了。我希望我们可以一起开始新生活。我想给你最好的。在我死前请原谅我，我亲爱的。"

"没有什么是需要被原谅的，"杜娅抽泣着回答他，"我们会永远在一起，生死相随。"她请求他坚持下去，并一遍遍告诉他，没有什么好责备他的。

她伸出手去抚摸他的脖子，这时候看到一个老人向着他们游过来，他肩上扛着一个小婴儿。他的另一只手抓着一个水罐，用脚使劲踩着水以接近他们。当他终于游到了，他用哀求的眼神看着杜娅说道："我已经没力气了，你能帮我抱一会儿马拉克吗？"这个孩子穿着粉红色的睡衣裤，有两个小牙，正在哭。杜娅觉得这孩子看起来就像她的名字一样，马拉克的意思是天使。老人解释说，自己是她的祖父，一名来自加沙的渔夫，他们是从最近一次以色列对加沙的轰炸中逃出来的。他们全家有二十七名成员在这艘船上，而其他人全都淹死了。"我们是活下来的两个，请把这个小女孩留在你身边，"他恳求道，"她只有九个月大。照顾她，把她当作你的一部分吧。我就快死了。"

杜娅伸出手去摸马拉克，并把她放在自己的胸前，让孩子的脸枕在《古兰经》上。她的触摸让马拉克放松并停止了哭泣，杜娅也很快就觉得让孩子贴着自己很舒服。

马拉克的祖父也摸着孩子的脸："我的小天使，你怎么也遭这种罪啊？可怜的小家伙，再见了，小家伙，宽恕我，我就要死了。"然后他就游开了。杜娅和巴塞姆把注意力集中在这个小孩子身上。当他抚摸着那张柔软冰凉的小脸时，这个小生命似乎给巴塞姆带来了一丝活力。过了一会儿，马拉克的祖父又回来了，检查了一下，看到她被照顾得很好，就又一次道别。他们再一次看着他游走的方向，只见他大约就在十米远之处，脸朝下沉进了大海。

马拉克在发抖，她的嘴唇发紫并且裂开了。杜娅把手指蘸在海水里打湿了,想给她润一下,这时她想到自己的唾沫可能更好使,孩子就不用吃进盐分了,可是自己嘴里一点液体都分泌不出来。以前她听说过,摩擦一个人手腕上的静脉,会让身体保持暖和,所以就按照这个做了。她一边摩擦马拉克的手腕,一边给她唱起了小时候母亲给自己唱的歌。

巴塞姆在杜娅的歌声中也昏昏欲睡,而她知道自己必须让巴塞姆保持清醒,不然他会滑脱开去。杜娅于是在他脑袋边上拍手,把他拍醒。

"我害怕,巴塞姆,"她告诉他,靠近他的耳朵,"请别把我一个人留在大海中央!再坚持一会儿,我们会一起到欧洲的。"

杜娅注意到他的脸已经从黄色变得发紫。

他开始说话了:"阿拉,把我的灵魂给杜娅,这样她能活下去。"

"别这么说,巴塞姆,"杜娅请求道,"我们都会和主在一起的。"但她也知道他的生命完全耗尽了,正在从她身边滑落。想到自己无法救他,杜娅开始哭泣,她知道自己身上唯一保留的力量只有主的那些话。

"巴塞姆,在你死前,你必须对着《古兰经》发誓至死你都是一个穆斯林,而你的信仰会和你在一起,"她着急地说道,"你跟着我说:'我发誓只有一个主,穆罕默德是他的先知。'"

"我发誓只有一个主,穆罕默德是他的先知。"巴塞姆跟着重复道,然后闭上了他的眼睛。杜娅猛力拍打着他的脸想让他醒过来,但他开始精神错乱地低语起来:"妈妈,银子是给你的。"

巴塞姆出现幻觉了。为了保持他的注意力，杜娅决定跟着他说："好呀，巴塞姆，等你好起来，我们就去拿银子。你必须跟我在一起坚持下去，别把我一个人扔下。"

杜娅意识到巴塞姆正在失去意识，他已经试着和她道别了。她明白自己必须给他最后一件礼物，泪眼婆娑之中说出了这番承诺："我选择了你的选择。此生我会原谅你，从此以后我们也要一直在一起。"她用右手牢牢抓着巴塞姆的手指，因为左手还抱着马拉克。

过了一会儿，她感觉到他的手从自己的抓握中滑出去，看着他无力地滑入水中。他开始飘离她，杜娅绝望地伸长手臂想要把他拉回来，但已经够不着了。她没法跳下救生圈，因为不能把马拉克丢开。"巴塞姆，"她喊道，"看在主的份儿上，别走！回答我！没有你，我活不下去。"她对着他一遍遍地喊，哭个不停。

一个男人游了过去，摸了摸巴塞姆的脉搏。"我很抱歉，但他已经死了。"他不带感情地对杜娅说。

杜娅知道，对于这个男人来说，巴塞姆只不过是许多死去的人之一，当天太阳升起来以后，至少又有二十四人失去了性命。但对杜娅来说，巴塞姆的死则意味着一切的终结。她失去了自己生命中最宝贵的人，她只愿和他一起死去，想象着让自己脱离游泳圈，和巴塞姆一起沉入海中。然而接下来，她感到马拉克细小的手臂绕在自己的脖子上，立刻意识到自己对这个孩子的责任。杜娅明白，必须保证她活着。

巴塞姆脸朝下漂荡在海上，然后缓慢向下沉。杜娅看到的最后一眼是那厚厚的黑发,深色海水淹没了他整个头,然后就消失了。看到这一幕,她开始尖叫,撕心裂肺地痛哭。附近的一个男人试图安慰她。她在船上认识了这个人。有天日落时分,他跟她说过,自己来自大马士革。他只是想让自己的孩子能接受教育,并且未来不再被炸弹威胁。他一边哭一边和杜娅说,当看着他那小小的儿子被螺旋桨卷进去,被割掉脑袋的时候,自己是多么无能为力。他的妻子也是在他面前淹死的。"你也看到的——看到我的妻子和儿子是怎么死的!"他哭喊道。所以我看到的那个被螺旋桨叶片切割的孩子是他的儿子吗?杜娅回想着。

"别哭,"她告诉这个男人,"你会到天堂和他们会合的。"

"主保佑你,"他回答道,"你不该承受这些。"

很快,更多人聚拢过来,安慰她并且祈祷,同时也请求她帮自己把喝下去的海水呕出来。喝了海水会加速死去的说法,正在他们当中流传。这些人一定是看到她早上是怎么帮巴塞姆呕出海水的了。于是一个接一个,他们排到她旁边,她用自己还能动的那只手来帮他们呕吐,每弄完一个就把手伸到海水里洗干净。尽管他们吐出来的仅仅是水,那股味道还是搅得她胃很不舒服,但这些人看起来舒服了很多的样子,以及感激的话,让她觉得很欣慰。

此时已是周四下午。我在这该死的地狱里待了两天了,杜娅想到。她数了数,只有二十五个人还活着。马拉克一直在睡,但只要她醒过来,就会哭。杜娅明白就算马拉克并不会说话,她也极其想喝水。

在幸存者中,有她在船上遇见的那家人,带着两个小女孩,桑德拉和玛莎。他们都穿着救生衣,所以浮在水上。但年长的那个女孩桑德拉不太好了,她开始抽搐,身体一直在发抖。她的父亲抱着她,用低低的嗓音说着话,同时也在哭。杜娅觉得自己看着这个小女孩的灵魂离开了她的身体,直至她变得绵软无力。桑德拉的母亲脸上浮现出一种坚定的表情,她游向杜娅,用两只手抱着另一个更小的女孩,玛莎。

她抓住了杜娅的游泳圈,直直地看着她的眼睛。"请你救救我的宝贝,我活不了了。"杜娅也毫不犹豫地接过了玛莎,放在左侧,在马拉克下面一点。马拉克此时正用脑袋抵住她的下巴,而玛莎的头则被放在她胸部以下的胸腔部位,那小小的身体在她的腹部上能伸直了平摊开。杜娅想着,这孩子也就不到两岁,也要遭这样的罪。她抚摸着玛莎的头发,同时担心这个小游泳圈能不能承受住三个人的重量。玛莎的躯干部分已经浸在了水里,波浪推着她们,浪花打在她们身上。

这时,一阵大声哭号把杜娅的思绪引开了。桑德拉死了,她的父母在漂着的尸体旁放声大哭。杜娅把玛莎紧紧搂着,试图用安抚的话语来劝慰这个悲伤的女人。但仅仅过了几分钟,她丈夫的身体也松懈下来,他也放弃了。女人用不敢相信这一切的眼神看着。"伊马德!"她喊道。然后,突然间,她也不出声了,在杜娅的眼皮底下死去。

随着夜晚来临,海面变得一片漆黑,被厚重的雾气笼罩着。两个女孩开始不安,哭闹,杜娅想尽办法让她们安静下来。她不敢移动疼痛的胳膊,怕这样会抓不住孩子,她们会掉下去。她俩的重量压在杜娅胸部,使得她呼吸困难,而且时不时咳嗽。她想喝水。这天早上早些时候,有人给了她们一点肥腻的芝麻酱糕糖,是从水上捞起来的。"宝贝们得吃一点。"这个陌生人递给她的时候说道。杜娅把它掰成了一小块,塞进孩子们张着的嘴里。甜味让她们安静了下来。她也给自己留了一点,但吃完后觉得更加渴了。

对于幸存者们来说,水成了极度稀缺的需求。为了活下去,男人们会把尿尿在空塑料瓶里又喝下去。面对这样的场景,杜娅只能转过眼去不看。

几米之外,舒科里挨着其他几个幸存者们,踩着水。和杜娅一样,他挺过了最后的两天,也和杜娅一样,他失去了所有。现在,他觉着自己可能都要失去理智了。围着他的人很明显一个个出现了幻觉。一个人说:"到我的车上去,打开门进我的车!"一个人想要一把椅子坐下来,还有个人请大家去他家坐坐,说就在附近。

一个叫作福阿德·艾尔达马的人先是让舒科里帮他打电话给自己的妻子,让她来接他,接着又要他带自己回家去找她。另外一个舒科里认识的人,也是来自加沙的,游过来跟他说自己知道哪里有水,让他跟着一起去。舒科里蹬着腿随他游了一段距离,啥也没见着。另一个人说他知道有个咖啡馆能找到大家想喝的水,里面还能抽水烟。他说自己有一百美元,可以请客:"你想去吗?"

"是的。"舒科里回答道。

"但得游上两个小时呢!"

"没问题,我们走!"

其他几个人也穿过来加入他们。"我们得直着游,然后在一个地方左拐。"那个男人这么做着指引。有一会儿,舒科里的脑子清醒过来，意识到那人是出现幻觉了，自己也是。他游了回来，重新和其他幸存者们在一起，他们离杜娅不是太远。寒冷的雾包围着他们，他们看不见，冻得瑟瑟发抖。一个女人因为失去了两个女儿而哭个不停，她乞求道："我好冷，给我点温暖。"于是舒科里和他的朋友穆罕默德上前去，在她身旁围成了一个圈。

那天晚上，舒科里梦到了自己回到家中和家人在一起，不知不觉中松开了那个装着水瓶让他一直保持漂浮的袋子。开始下沉之际，他意识突然清醒过来，赶紧又抓住袋子。后来，他又想象自己到达了岸上，扔救生圈下来救人，还给大家水喝。随着时间一点点过去，他一会儿清醒，一会儿迷糊。他也不确定自己是活着还是死了。

杜娅希望自己可以不用听到海面上变幻莫测的声音。就好像恐怖片里面的配乐一样，让眼前的一幕幕死亡愈发可怕，就好像那些人的死去都在配合海浪的节奏。每一次有人死去，她的心都会碎一次。到底看到了多少脱去救生衣准备就死的人？她已经数不清了。我不会去责怪他们，她告诉自己，即便她的信仰是不允许自杀的。他们的磨难太痛苦了，难以承受。我凭什么去评判那些决定结束自己生命的人？我也就是这茫茫大海中一个很快就要被吞掉的点。如果不是因为胸膛上躺着的两个小女孩给了她活下去的力气，她也会翻身滑下水，和他们一样。

杜娅的力气快耗尽了，但她不敢睡觉，怕睡着了小孩子们就会从手臂上滑下去。她开始计算漂在身边的尸体数量，七具。好在他们的脸都朝下，这样就看不到了。他们赤裸着的背部肿胀不堪,呈现出紫黑色,就像鲸鱼的颜色。臭气令人难以忍受。每一次海浪把一具尸体向她推过来,她都只能用脚或手把它推开。一个叫摩门的男人帮她挪开了许多具尸体。他是仅剩的几个幸存者之一,现在紧紧挨着杜娅。

摩门用鼓励的话给予她力量。"你是无私的,杜娅,我一直看着你是怎么支援其他人的。你勇敢而强大。我要保护你。如果我们活下去了,我要娶你为妻。"

不知怎么,在这里,杜娅不觉得他的话突兀或奇怪,只觉得是一份关爱。这是他坚持下去的方式,某种如果他们能挺过去就可以去期待的事情。杜娅回答道:"坚持住,等这一切过去了我们再谈这事儿。"

第三天早上,太阳升起来的时候,一个男人、一个女人和一个小男孩出现在杜娅视野中。两个大人扒着一只和杜娅身下一样的游泳圈,而它套在了男孩的腰上。突然间,游泳圈爆掉了,男孩掉入水中,他的手臂在拍打着水。杜娅看出了那个女人也不善游泳。失去游泳圈的浮力之后,她也立刻沉下水,最后,随着一声绝望的喘气,她的头朝前落下,就此不再动弹。

男人则去救那个男孩了,把他的手绕在自己的脖子上,朝着杜娅游过来。"请暂时抓住他一会儿。"因为疲惫,他的声音十分含糊。杜娅有些犹豫:"没有多余的地方了!"这男孩大约三岁,比两个女孩大一点,如果游泳圈往下沉的话,玛莎和马拉克会被淹没。但这孩子令人心酸地眼巴巴看着她,杜娅于心不忍了,她伸出了一只脚给他放,并且说:"我们会想到法子的。""我要喝水,我要我叔叔,我要我妈妈。"这孩子一遍遍说道。

杜娅不知道怎么安慰这个绝望的男孩,而且她很担心他的乱闹会导致游泳圈爆掉,那大家就得一起淹死。除了祈求大家都平安之外,她已经没有其他奢望。这男孩让她想起了哈姆迪,杜娅想象着,如果看到他被淹死,那会多么令人崩溃。小男孩不停地说要妈妈。"你妈妈给你找吃的和水去了。"她这么告诉他。于是有那么几分钟他安静了下来,但很快又开始喊口渴。为了减轻他的痛苦,杜娅最终用手掬了海水给他喝。在接下去的两个小时里,他的叔叔会不时游开一小段距离,让自己的身体保持活动,然后回来看看这孩子。他找不到东西让他漂着。小男孩开始发抖,嘴唇发紫,胸膛大幅度起伏。他的叔叔扒着杜娅的游泳圈,把孩子拥入自己怀中开始哭。"别离开我们。"他乞求道。

男孩用微弱的声音说道:"别,叔叔,你也别死!"然后他的身体塌下来,伏在叔叔的肩头。这个男人把孩子拥到胸前,推开了游泳圈。杜娅看着他们在自己眼前沉下去,而男孩母亲的尸体正漂在旁边。

"亲爱的主啊,"她听到摩门的怨言,"人们一个个死在我们周围,我看到我儿子死,看到我老婆死。为什么我们会遭受这些?那些人为什么把我们的船弄沉?为什么没有人来救我们?"

"他们会来找我们的,听从天意,摩门,"杜娅柔声对他说道,"坚强起来,祈祷,希望还在你心里。"

但杜娅也忍不住一边说,一边哭了起来。她只不过抓着那个男孩抓了几个小时,但她觉得他已经成了自己的一部分。

"他们说世界上最大的痛苦是妈妈失去儿子的感觉。我感受到了。我爱那个小男孩。"见过了那么多死亡，但这最后一个让她的心被撕成了碎片。"是我的错，他死了，"她对着摩门哭起来，"我应该救他的。"

"不，不，"摩门回答她道，"这是主的意思。你是好人，你试过救他。"

但杜娅没法停止是自己没能救这个男孩的想法。她重振决心，决定再也不能失去马拉克和玛莎。现在，没有什么比让她俩活下去更重要的了。

当两个小女孩醒过来开始闹，她就会给她们唱自己最喜欢的童谣："睡吧，睡吧，让我们一起睡吧，我会给你插上鸽子的翅膀。"她甚至用手指做游戏来转移她们的注意力。她假装手是一只老鼠，从马拉克的胸口跑到脖子上，马拉克总会被逗笑，杜娅发现她的下巴特别怕痒。两个孩子睡着的时候，杜娅会摩挲她们的身体，为她们取暖。当她觉得两个孩子可能失去意识的时候，就用手指拍打她们的眼部，厉声喊她们："马拉克、玛莎，醒醒！"

玛莎能对她讲的唯一的词语就是"妈妈"。

杜娅感到自己和孩子们有着如此之深的联系，就好像现在已经成了她们的母亲一样。她们的生命比她自己的更为重要。

杜娅不安抚小女孩们的时候，就开始背诵《古兰经》。幸存者中大部分人会围过来倾听、祈祷。他们中的一些人也记得至尊经文的句子，这是杜娅往常会在睡前用心背诵的一段经文。

第九章 | 剩下的只有海

他们的声音让孩子渐渐平静下来,他们的话也安慰了摩门和其他围在她身边的幸存者。背诵经文给了杜娅一种直接来自主的力量。她保留着有人很快就要来营救他们的希望。

周五到来,这是他们在海上度过的第四个早晨,杜娅注意到马拉克和玛莎基本上一直在睡,很少动。她不得不经常检查一下她们的脉搏,以确认她们还活着。

摩门成了杜娅和小女孩的"保镖",保护她们给了他一种目的感。活下来的人当中没有其他女人了。其他来寻求杜娅的安慰的男人,在他们身边形成了一个圈,一些人想要靠在她的游泳圈上休息一会儿。摩门会试图把他们嘘走,他警告他们:"她带着这两个孩子!你这样做她会失去平衡的。"不过杜娅还是会允许他们待着:"轻一点,为了孩子们。"摩门没有救生衣,但他是个游泳好手。但再一次,那个下午杜娅发现他也已经开始没力气。

"你不要也离开我!"杜娅叫道。自从巴塞姆死了以后,他是唯一一个让她感到亲近和信任的成年人。她不知道,若失去了他的帮助和安慰,自己还能怎么办。摩门背对着水漂着,眼睛闭着,突然间他的身体也僵硬了,然后翻转过来,脸埋到了水里。杜娅觉得自己彻底落入了孤独中,只剩下两个跟她相依为命的孩子。

孩子们躺在她身上,她躺在游泳圈上,也是一会儿有意识,一会儿无意识。当她睁开眼睛的时候,一切都是模糊的。她把水泼在自己脸上以保持清醒,然后检查孩子们,确认她们还在呼吸。然后重新把头放下看着天空,什么也看不到,除了朦朦胧胧的形状,然后突然之间她觉得自己看到头顶有架发光的飞机掠过。她心想:"我一定是出现了幻觉。"随即打消了这个念头。接下来她想起巴塞姆的话:"我请求主把我的灵魂放到杜娅身上,让她能活下去。"她开始在水面上寻找巴塞姆死去的那个位置,但一切看上去都是一样的:只有平静的水和漂浮在身边的尸体。她使劲驱赶着脑子里冒出来的想法,自己的爱人已沉下水被鲨鱼给吞食了。

痛苦万分的她重新看向天空,寻找飞机的痕迹,但只看到一只灰黑色的鸟。它朝她飞过来,在她头顶盘旋,然后又飞走了。这只鸟反复来了三次,每次都好像直直地看着她。这是不是意味着岸在不远处?她想知道。四天来她一只鸟都没见过,甚至没见过海鸥。这只鸟一定是主的象征,她想。也许有人会来救我们。

在这只鸟离开后不久,她听到了引擎的声音,看到那架飞机又在头顶飞过。这一次她明白这不是自己的想象。"亲爱的主啊!"她叫起来,"有人看到那个了吗?"其他几个幸存者漂到了离她较远处,此时只有马拉克和玛莎和她在一起。这时有两个男人向着她游过来——一个是她认识的巴勒斯坦人穆罕默德,还有一个是之前没见过的非洲男人。穆罕默德穿着救生衣,非洲男人则抓着一个大塑料水桶。杜娅看着天空,发现了好像是钻石那样的东西如同烟花般落下来。飞机再一次在她头顶盘旋。

"真的有架飞机!"杜娅喊道,声音中带着希望,"近了,所以他们看到我们了!"她告诉这两个人。

"我什么也没看到。"穆罕默德斜眼看着天空,回应道。

"给我你的塑料瓶。"杜娅要求道。当他递过来之后,她把它举起来,变换着角度,让它反射着太阳光,这样飞机就能看到他们。飞机开始飞得低了一点,这时候剩下的三个人都开始挥手,喊道:"救命!救救我们!"

但飞机突然就消失了,太阳又慢慢落下地平线。杜娅祈祷着,求求你,主啊,他们肯定看到了我们,想到要在漆黑的水上再度过一晚,简直让她恐慌。

太阳此刻正照着她的眼睛,晃得她什么也看不到,但她依然带着希望,扫视着地平线。当她看到很远处有一艘大船时,她请求离得最近的穆罕默德:"请留在我旁边,带我游到那艘船那里去。"杜娅知道自己没法在带着两个小孩的情况下游过去。

"我再也划不动水了,"穆罕默德告诉她,"我太累了,我会游到那艘船上去,告诉他们来这里接你们。"

这两个男人动身了,杜娅看着他们挣扎着游向那艘船,直至她再也看不到穆罕默德。但那名非洲男子还在视野之中,杜娅不明白他为何在距离被救如此之近时突然停下来,直到她意识到他再也不会动了。他死了,在就要获得营救之前。

夜晚再度降临,黑暗中杜娅再也看不到那艘船,也看不到其他任何东西。海上波浪起伏,有东西撞上了她的游泳圈。转过头,她发现是非洲男子的尸体。他的脸肿胀着,眼睛睁得大大的。杜娅尖叫起来,把尸体推开,但是水的力量不断把他推回来,把他一次次撞向她。她把两个婴儿挪到了自己身体的中间部位,用一只手抱着她们,而把剩余力量都放到另一只手上,开始划水,向着自己最后一次见到那艘船的方向。

但她觉得自己无处可去。她扭头看身后,远远看见了另一束光。她掬了把水泼在孩子们的脸上，好让她们保持清醒。

我怎样才能到达那艘船？她想知道。它那么远。亲爱的主啊，我有决心去那边，但请你给我力量。

她开始用一只手朝着船的方向划水，另一只手抱着两个小女孩。她并不在意自己会怎样，但只要马拉克和玛莎活下去，她就会觉得自己的生命还有些意义。她会坚持得足够久，直至确信自己能救下这两个小孩，然后她就会停止挣扎，回到巴塞姆身边。

第十章
垂死之际的营救

A Hope More Powerful
Than The Sea

第十章 | 垂死之际的营救

化学运输船 CPO Japan 号正驶过地中海，向着直布罗陀海峡进发，这时他们收到了马耳他海岸警卫打来的求救电话：一艘载有难民的船只沉没了，所有可能帮得上忙的船只被要求提供援助。《国际法》规定，所有船舶必须"向任何在海上发现的有失踪危险的人提供帮助"，日本船长接到电话之后就改变了航线。他在甲板各处增派了额外的瞭望哨。这片区域的船员会不时地观察穿越地中海的难民和移民，他们知道这种穿越尝试常以死亡告终。日本船员决定尽其所能拯救任何幸存者。但当他们到达求救信号坐标时，满眼所见，都是漂浮在海上的肿胀尸体。

船放慢了行驶速度，以免撞到尸体。他们另外得知一艘集装箱船已经在现场，船员们救起了五人，但由于天色渐晚，即将结束救援行动。在黑暗中寻找更多尸体，这种努力只会是徒劳的。

203

自二〇一四年欧洲爆发难民危机以来，商船在拯救难民生命方面，就开始扮演着不可或缺的角色。从未有如此之多的难民和移民，试图通过如此危险的旅程穿过地中海。在杜娅经历船只失事那一年，商船救起了估计有四万人之多。然而，它们并不具备专业的装备来作为搜索救援船使用，而每一次试图营救难民，也会耗费航运公司的时间和资源成本。

CPO Japan 的船长认为必须做好自己的本分。他已经回应了这个求救呼叫，此刻让船只调转、继续原来的航线的话，也没人会责备于他。但他看了看漂浮在周围的死者，决定让船员们找出救生艇来下水。如果另一艘船已经找到了五个生还者，就可能还有更多，在渐渐暗下去的天色中，目光所及都是尸体，他没法做到放弃。

动手搜救时，船员们达成了心照不宣的一致决心。他们来自东欧和菲律宾，说起来不过是商业船只上的水手，大家一起驾驶这条船而已。然而，虽不是专业的救援人员，他们也做不到试都不试就置海难现场于不顾。

此时的海面，大风席卷，波浪狂作，能见度很差。三名船员登上一只封闭式救生艇，其他船员转动滑轮曲柄，把救生艇慢慢放到了海面上。这种高科技模型的设计，确保它能在远海恶劣天气中使用，并能保持不渗水。他们出发后路过了几十具漂浮的尸体。"不要捞死者，"船长通过电台告诉他们，"只找幸存者。"

船员们在海面上绕了一圈，仅仅发现了更多尸体。看来他们要白忙一场了，突然，船长的声音从电台中传来。船上有个正在注视海面的人，在船头听到了像是女人的呼救声。某个地方，有人还活着。救生艇上的人转向了船头部分，希望能够查找出求救声来源。

搜救过程中，风越来越大，这使得他们很难听出风的呼啸声以外的任何声音。他们不时地把救生艇的马达停下来，以便听得更清楚一些。一次又一次，他们只能听到一个女人的声音的微弱回声，每次都像是从不同方向传来的。"继续大声喊！"他们一遍遍地回喊，她要是停下来，就永远没法找到了。

在水中泡了四天四夜，没吃没喝，杜娅的力气已经耗尽，手臂生疼，同时又头昏眼花，以至于她担心自己快要昏过去了。下肢更是早就失去感觉了，发炎的喉咙也无法一遍遍再喊下去。她想放弃，但玛莎和马拉克的体重压在她胸膛上，让她重新充满活下去的决心。她保持拍水以继续漂浮，每一次伸手击水，她都喊出一声"Ya Rabb"——哦，主啊！但她的声音似乎直接消失在了风声里。

CPO Japan 号第一次驶过来时她就看到了，而且它显得那么近，但现在已经看不见它了。它去了哪儿？她想知道，同时也越来越怀疑，或者说越来越确信，自己和两个小女孩都会在被任何人发现之前死去。

接下来，就好像真主安拉最终听到了她的祈祷，杜娅听到了有人在喊。她能够分辨出一点英语单词：Where are you? Keep talking so we can follow your voice and find you!（你在哪儿？继续说话，这样我们就能跟着你的声音找到你！）突然一个浪打中了她，声音又听不清了，好像他们漂到了更远的地方。接下来一切都停了。

205

杜娅在脑子里疯狂地搜寻，想要记起英文"help"怎么说。实在想不起来了，她只好用任何其他知道的单词来代替，使尽所有剩下的力气喊出它们。他们看不见我吗？她一边拍水一边想，担心自己可能根本一点声音都没发出来，或者只是出现了幻觉。但她能看到探照灯在波浪上扫过来扫过去，每一次她喊出一声，那束光就会扫得离自己更近一点。她疯狂地划着水，希望光束能照到自己。想要救马拉克和玛莎的决心，给了她自己都不曾想到的力气。

两个小女孩差不多都动不了了，开始失去意识。杜娅把水泼到她们脸上让她们保持清醒状态，然后用她所能达到的最快速度，在周围的一片尸体中，向着那唯一的希望划过去。现在，营救人员已经那么近了，她不能让玛莎和马拉克死去。

杜娅的喉咙如此之干，发出来的声音就好像是从嘴唇里传出的轻微噼啪声。她不知道自己还能像现在这样继续喊叫多久，还能让自己和两个小女孩漂多久。但她担心自己一旦停下来不喊了，搜寻人员就会放弃，两个女孩就会死，这份害怕让她坚持了下去。玛莎和马拉克都已奄奄一息，了无生气地躺在她的胸脯之上。杜娅觉得她们的血在自己的静脉里流动，三个人的心跳节律已经变得一致。她们的生命都寄希望于她是否能够到达那艘营救船。杜娅想，只要这两个孩子安全了，我就可以回到巴塞姆沉下去的那个地方，和他重逢了。再坚持一会儿就可以休息并追随巴塞姆而去，这个念头宽慰着她。

最后，经过两个小时，救生艇里有个船员从窗子里看出去，他叫道："我看见她了！"突然之间，探照灯转向了杜娅。

第十章｜垂死之际的营救

一个未来主义风格、小汽车大小的红色小舱漂向她，就好像电影里一样。一开始她还以为是自己的想象，它看上去不像自己之前见过的任何小船。而上面的人看到她都非常惊讶，震惊于这么纤弱的年轻女子就靠一个普通的充气海滩游泳圈漂浮着，下半身都浸在海里。

救生艇打开了边门，从里面伸出一个看似入口通道的东西。在那个通道上，有个男人对着她们喊，并伸过去一根竿子。杜娅抓住了它，抓得紧紧的，对方趁势把她们拖了过去。靠近救生艇的时候，杜娅对着那个人开始说话，声音虚弱而急切，但她很快地意识到，对方一句也不懂自己在说啥。

最终，杜娅够到了船，那个男人抓住她的手臂和腿，想要把她拖到里面去，她拒绝了，用阿拉伯语请求他们必须先救马拉克和玛莎。她疯狂地指着自己的胸部，撩开夹克衫露出两个躺在胸前的小孩，她们被柔弱的手臂环抱着。那个男人惊呆了。不仅仅因为这个看来弱不禁风的女孩子在那么多其他人都死掉的情况下活下来，还因为她保住了两个小婴儿的性命。船上的一名指挥人员迪米特·兹比特尼弗把第一个孩子拉上来，接着又把第二个拉上来，并把她们转到船员手中，大家赶紧用热毯子把她们包好，紧搂在胸前，在眼前遍布的死亡中，这两个微小的生命显得如此珍贵。最后的最后，兹比特尼弗伸下手来拉杜娅，她继续拒绝了。

我那么爱这两个女娃，请让她们好好的，她脑海中想象出马拉克露着两个小门牙在笑。至少，现在她们安全了，我不需要再为此而挣扎，可以去见巴塞姆了。这几天来，她头一次感到如释重负，终于完成自己的职责。杜娅把自己的膝盖推向远离小艇的一面。我要回去和巴塞姆死在一起。她不清楚自己有没有把这句话大声地说了出来。

在那一刻，有个船员抓到了她的腿，把杜娅拖得近了一点，这样就可以把她拉到暖和的船上。因为口渴和力竭，她已经神志不清，搞不清什么是真实、什么是脑子里的想象。没有他，我无法活下去。但即使她一心把自己投向寒冷彻骨的大海，她也没有对抗这些想要救她的人的力气。杜娅的体重很轻，所以兹比特尼弗轻而易举地就把她拎了起来，带回救生艇里，小心翼翼地放在地板上。她立刻被毯子包了起来，有人在她嘴唇上放了一块湿海绵，这样可以从上面吮水。尝到新鲜的水后她更加渴了，比这几天漂在海上还要渴。她表示想要更多，并把手伸向水瓶，但挪不动它。一个男人拿了根吸管放到她皲裂的嘴唇上，这样她就能大口地吸到这干净的液体了，并把它咽到自己干涸的身体里。这水尝起来简直如圣水一般，但杜娅喝得太猛了，以至于开始呕吐。

这时候，玛莎和马拉克都已经不动了。"必须尽我们所能让她们活下去！"兹比特尼弗对他的船员们说道，然后给船上的主管官员发了个电讯，给海岸警卫队发警报，并请求一架救援直升机。他用惊奇乃至钦佩的眼神看了一圈周围："是不是觉得像个奇迹，或者是天意？像我们这样没有经过搜救训练的商船，能在这样的状况下找到一个活人，简直好比在一堆草里面找到一根针。在这么糟糕的情况下，她们没法在那个游泳圈上多活一小时。"

杜娅躺在救生艇上，无力，虚弱，救生艇驶回Japan号的时候，她一动也不能动。她能感到海浪把救生艇推到大船上，

第十章 | 垂死之际的营救

因为它用了好几次才可以把船吊起来，然后回到船上。当他们最后登上 Japan 号时，人们把她抬出来，小心翼翼地放在担架上。她看不到玛莎和马拉克，周围都是好奇、担心和善良的眼睛在盯着自己。没有人会说阿拉伯语，但当她告诉他们自己不是孩子们的母亲时，他们能明白。

杜娅躺在担架上，贴着湿衣服瑟瑟发抖。一个男人拿出一件熨烫整齐的橙色工作服，是所有船员都穿的那种。她设法表达她想要自己穿衣服，并且是私下里进行。他们看起来明白了，于是围坐在毯子周围，背对着杜娅形成了一个圈，这样她可以小心地把湿衣服脱下来，坐在甲板上套上工作服，这得用上她剩下的所有力气。当杜娅用手指梳着痛得像被打过的头，手指擦过绑在后面头发上的白色发圈时，就不由想起巴塞姆递给她发圈时脸上的那个笑容，她立刻哭了。努力抑制住情绪之后，她突然意识到头还露着，就想找一条围巾来遮住。她从来没有在家人以外的男人面前露着头。想要寻找一点安慰，杜娅又想起了脖子上另一个对自己意义重大的礼物。这个饰品曾经挂在她心爱的人脖子上，上面有叙利亚反对派的旗帜，和一枚巴塞姆离开德拉前搜集的弹壳。

回过神来，杜娅检查了一堆衣服和自己小心翼翼用塑料纸包起来绑在身上的文件。这是她仅剩的财产了，发现它们并没有被动过之后，不由得舒了一口气。她怀着仅存的希望把这些东西一件件递到把自己从水里捞上来的人当中的一个：巴塞姆和她的护照、他们的订婚书、卷起来的五百欧元、她的手机，还有她心爱的《古兰经》。然后她瘫倒在了甲板上，最后的一点力气也用完了。船员们把她放回担架，抬到甲板下的一个小房间里。他们很小心地把她放到了一张小床上，在头下垫了个软软的枕头，并盖上一条温暖的毯子。

最近的海岸警卫队站位于希腊的罗德岛上，救援直升机离得太远，无法到达轮船目前的位置。船员接到指令，朝着希腊的克里特岛行驶，这样直升机可以在西南海岸迎接他们。到达碰头点至少需要四小时，只有在那里杜娅和女孩们才能得到迫切需要的医疗帮助。船长看了看大海，然后让发动机全速前进。

与此同时，船员们在甲板下悉心照料着玛莎、马拉克和杜娅，用上了他们所学过的所有急救训练知识。有个人剥了一条巧克力给杜娅。她让它在喉咙里化开，味道好极了，但这颗糖突然噎在了喉咙里，使得她难以控制地咳嗽起来，呼吸急促。有人赶紧把氧气面罩戴到了她脸上，很快让她放松下来。她觉得自己依然浸在水里，而睁开眼睛之时，她无法相信自己是在一艘船上，安全，并且活着。

那个晚上，杜娅醒了又睡，睡了又醒。有一次她醒来，发现有船员在对着她拍照，还有人和她合影。但她不介意。她知道这些都是好人，并对他们围在身边感到安全。主把她带给了他们，她这么想着，又昏睡过去。她做了好多溺水和窒息的梦。有一次醒来几乎无法呼吸。在梦里，她被困在了水下，想要回到水面上去呼吸。她惊醒了，惊讶地发现房间里有人正把衣服放在床边上。它们被洗过了，细心地熨烫过，叠好，闻着有一股肥皂清香。这个人接下来又仔细地把她的文件、钱和《古兰经》放在最上面的 T 恤上，并且把它们都装进了一个塑料袋。这个小小的善举宽慰了她，她躺在小床上，再一次闭上

第十章 | 垂死之际的营救

眼睛。

在杜娅和噩梦做斗争的时候，船员们也在不顾一切地抢救两个小女孩。一个船员通过电台和马耳他海岸警卫队的一名医生通话，对方给了他一些指导。船上没有医务人员，船员们也只好凭借自己学的急救训练来处理。他们告诉医生，两个女孩看起来都很糟糕——一直昏迷，呼吸很浅，体温低得危险。杜娅也不怎么好，十分虚弱，只能很慢地说话而且嘟嘟囔囔不知在说什么。这两个女孩更是处于死亡的边缘。医生建议他们用一小口一小口的温水喂孩子，把她们用放着热水瓶的毯子包起来。她们的体温过低，需要慢慢地暖回来。有一名船员专门被指派为守夜人，监控她们的呼吸，并给她们持续地测体温。

被从水里拉上来五个小时后，杜娅听到头顶上直升机的响声。她从睡眠中被吵醒，发现船员们冲到了房间里来，打着手势告诉她是时候离开了。她试图站起来，但腿无法撑起身体，又跌回床上。六个人抬过来一副担架，把她放上去，抬到最上面一层甲板上，一架直升机在上面盘旋，吊着一个营救篮，缓缓落在了甲板上。营救篮的底部是一个由金属和绳子交织而成的正方形框架，通过带有缓冲的橡皮绳子编的网系在一根缆绳上。拉紧时绳子会形成一个结实的金字塔状的笼子。一个穿着救生衣、戴着头盔的男人抓起她，并把她绑在了营救篮上，风狠狠地吹着杜娅的头发，她打了个冷战。她虚弱得没法坐起来。那个男人跪在开口处旁边，抓着绳子，对着她露出鼓励的笑，他们一起升到了直升机上。杜娅感觉到自己正被毯子安全地包裹着，她往回看那黑黢黢、不断变幻着的水面，她

211

想，我再也不会恨海了，因为巴塞姆已经成了它的一部分。她想起他最后的遗言："如果我死了，那么我最想做的就是让你幸福。"

一双强壮的手臂从直升机腹部伸下来，把她拉进舱内。杜娅惊讶地发现其他幸存者已经在里面了。第一眼看到的是穆罕默德——当天早些时候游向第一艘营救艇的那个人，非洲男子跟在他后面（却死了），他曾答应她回来救她，但并没有，看来那条船并非幻觉。"你在这儿。"他看到她时，毫无表情地说了一句。杜娅挪开了眼睛，对这个没有回来救她的人不知道能说什么。然后她注意到舒科里，船沉之后失去妻子和两个孩子而崩溃了的巴勒斯坦人。他静静坐着，透过窗户望向大海。另外还认出了两个人，但记不起他们的名字了。小玛莎被机组人员抱在怀里，用一条白羊毛毯紧紧包着。她的小脚裸露着，伸出来歪在一边，一动也不动了。求求你，求求你，让她活着，杜娅祈祷着，她在座位上疯狂地找马拉克但没有找到。可能她会是下一个被从船上吊上来的，杜娅想。然而舱门关上了，直升机开始向前挪移。再也没有更多幸存者被吊上来了。杜娅设法引起了一个机组成员的注意，"马拉克？！"她问道，"那个婴儿呢？！"

但是直升机里声音太吵了，她听不清这个人的回答，即使能听到，他说的英语也不是她能懂的。她又问了一遍，这次有一个幸存者帮忙翻译。小马拉克已经死了，他把这条信息传递给杜娅。船员们全力抢救过，但她过世了。听到这一消息，杜娅喘不过气来，她开始哭。她觉得自己的心脏好像被从马拉克枕过的那个位置撕扯出了胸膛。她无法忍受这样的不公平。

第十章 | 垂死之际的营救

马拉克在水中熬过了四天,却在获救后死去。杜娅宁愿是自己死了,而小女孩活着。这份悲痛是如此折磨人,杜娅忍不住想,如果自己坚持把她抱着一边唱歌一边背《古兰经》,就像在水里做的那样,是不是孩子就能活下去?医生关心地走近杜娅,摸了摸她的脉搏。然后他突然间猛地抽身离开,箭步向玛莎冲过去,把她背部朝下放平开始做心肺复苏,他用掌根部位用力压她的胸部。杜娅屏住了呼吸。她也不能承受失去玛莎。紧张的几分钟后,医生停止了胸部按压,带着放心的微笑向后坐下。杜娅又可以开始呼吸了,一点点微弱的希望在她心中闪耀。

一个小时后,直升机在位于克里特岛西部的港口城市干尼亚附近的一个军事基地着陆。两辆救护车等在了外头。太阳在地平线上升起,杜娅被放到了担架上抬走了。

醒来的时候,她躺在医院的病床上,一名警察站在床边,说着她从未听过的语言。他旁边是一个差不多和她父亲那么大岁数的男人,用埃及口音的阿拉伯语和她说话。他先问了她的名字,来自哪里,还解释说她在希腊医院里,很安全。然后开始翻译警察的问题:船从哪里离岸?什么人在上面?有多少人?他们要去哪里?谁是人贩子?船是怎么沉的?这些问题让杜娅头昏眼花,只想回去睡觉。她想办法尽可能快地告诉他们,一伙坏人故意把船弄沉的,五百个乘客差不多都淹死了。警察问杜娅,她救下来的女孩是不是自己的女儿。见她摇摇头,他又问:"怎么她们不是你的孩子?"她觉得这是个奇怪的问题,但还是解释道,还活着的婴儿是玛莎,和她一样来自叙利亚,另一个女孩马拉克来自加沙,是全家整整二十七个待在船上的人中唯一的幸存者，但她也已经死了。泪流满面的杜娅告诉他们，女孩们都是被家人托付给自己的，她想让她们活着。杜娅努力抑制住马拉克之死带来的悲伤，哭着哭着，她继续陷入了长时间的睡眠。

杜娅再一次醒来时，发现自己在一间医院的大房间里，和其他病人一起。她掀开身上的毯子，往下看手臂和腿，只见布满了难看的乌青块。她想站起来去上厕所，但摔倒了。当她试图从地上站起来时，腿上突然一阵剧痛，手臂上的肌肉也因为长时间用一个姿势抱着玛莎和马拉克而拉伤，疼痛不已。一个护士匆匆跑过来，细心帮她坐到轮椅上，推着去往盥洗间。杜娅示意自己来，护士就退出去把门关上了。只身一人时，杜娅举起了两只手，重重地靠在水盆边上，盯着镜子中的影子。她几乎认不出自己的脸。晒得很黑，蜕皮，双眼就像是别人的眼睛一样，带着一种凄凉神情看着自己。她用手去梳理蓬乱的头发，摸到了大块的肿块。这时候她肯定叫出声来了，因为护士推开门，带着担忧的表情走进来。她把杜娅扶到轮椅上，送回床位。杜娅不用再看镜子里那个鬼魂一样的自己，于是稍稍平静下来。

回到床上，杜娅想给母亲打电话，但不知道怎么开口。怎么给她说发生的这些事呢？而且，因为头昏眼花，方向都分不清，杜娅也记不起任何电话号码。她拿过自己的手机，想要开机，发现已经坏了。杜娅盯着它好一会儿，心想：我觉得自己也已经死了，虽然我还活着。

小玛莎被带到另一个诊疗室，在伊拉克利翁的克里特岛大学医院，她被送入儿科病房的重症监护室。戴安娜·菲特罗

第十章｜垂死之际的营救

拉齐博士成为她的主治医师，她提到，玛莎来的时候就是濒死状态，同时处于急性肾功能衰竭、体温过低和严重脱水中。她昏睡着，呈现为半昏迷状态。医生们担心，她如果能够活下来，也会有脑损伤。这家医院此前还没有接待过这种病例，工作人员夜以继日地工作，做一切所能做的去救她。她被安上了呼吸辅助机，通过静脉注射来恢复血糖和液体水平。工作人员还给她起了个名字叫纳迪娅，经常把她抱在怀里，唱歌给她听，从不让她独自一人。

很快新闻媒体都来了，玛莎的求生之战在希腊成为新闻头条。她躺在医院病床上，那双大大的、悲伤的眼睛看着镜头，她的照片被印在报纸上，然后出现在网上。抢救第四天，医院院长尼科斯·哈利塔基斯对媒体说："孩子和海浪搏斗了数个日夜，当她到这里的时候，完全脱水，被太阳晒伤，而且出现多种生化失调。然而，她在四天后就可以脱离机械维生系统。今天已经能够对环境做出有意识的反应，饮食正常，状态很好。像她这么小的小孩，是很有可能因为脱水而出现不可逆的脑损伤的。"

沉船事件中的奇迹宝宝，在水里待了四天后还幸运存活的新闻传开，医院的总机被打爆了，很多希腊家庭想收养她。哈利塔基斯院长估算了一下，大概有五百家之多。没人不想帮助这个简直是在难以置信的概率下活下来的小婴儿。

与此同时，经过四天治疗，杜娅的身体也在慢慢恢复，至少是物理上的恢复。她被转到一家老年疗养院来做进一步康复。媒体把她称为英雄，因为她救了婴儿纳迪娅，她在地中海漂了那么久还活着。当她第一次在希腊醒来时，为她翻译的那个埃及人经常来看她，带着他的妻子。夫妇俩给她买了衣服，并提出把她带回他们家。他俩有四个女儿，其中一个和杜娅同龄。这对夫妇向她保证，她会受到欢迎，一点也不麻烦，此外，独自一人在一个新的国家，她也需要保护。而另一个可选择的方案则是，希腊当局表示愿意为她提供一间小公寓，一份津贴，并有机会寻求政治庇护。

杜娅知道自己的状态不适于独自在国外生活，所以决定接受埃及家庭的提议。在老年疗养院待了两天之后，她搬进了他们位于干尼亚的公寓。这家人在女儿们的房间里为她搭了张床。温和舒适的家、熟悉的仪式以及埃及式家庭饮食很快让杜娅平息下来。

然而，她知道父母一定很担心。他们已经一个多星期没接到她的信息了。在医院里，杜娅每次想打电话，都因为太虚弱，头晕目眩而作罢。每次拿起电话，她都记不起电话号码，而一旦要去想该说什么，说自己和巴塞姆经历了什么，都会让她异常疲惫，只想睡去。但她知道最终还是要打这个电话的。她绞尽脑汁，也想不起父母、姐姐或朋友们的任何一个号码，然后她想到了一个办法，就是找寄宿家庭的主人们借部手机，把自己的 SIM 卡取下来插进去。她想起来，自己曾经用聊天软件给朋友们发过图片，接收者的手机号可能会留在图片上。在新手机上，她打开了这个应用，翻找通信录。第一个可能帮得上忙的号码，是一位埃及朋友的，拨过去却无人应答，因为当时是半夜。杜娅迟钝而缓慢地继续往下拉通信录。最后找到了一张姐姐阿雅特发过来的照片，她现在住在黎巴嫩，照片上面正好有手机号，杜娅立刻拨了过去。

第十章｜垂死之际的营救

手机铃声响了几下之后，她听到姐姐昏昏欲睡的声音："喂？"

"阿雅特，我是杜娅！"因为求救时拼命嘶喊，伤到了喉咙，杜娅此时说起话来嗓子依然有些紧绷，声音听起来很奇怪。

"杜娅！你到哪里去了？"阿雅特如释重负地回了一句，杜娅听到她的声音，几乎哭了起来。姐姐告诉杜娅，母亲两天前曾经打过电话来，想知道她有没有任何关于妹妹的消息。那时候，阿雅特才知道杜娅和巴塞姆乘船偷渡去意大利的事，他们早就该到达了，然而没有音信传回来。那之后阿雅特也一直担着心。

"巴塞姆在哪里？"

"巴塞姆睡在清真寺，因为都是女孩，他不能和我们在一起。"杜娅撒了个谎。她不忍心由自己来告诉姐姐巴塞姆去世的事情。而且说出来，就好像是事实了。她突然告诉阿雅特，因为用的是借来的电话，所以必须挂了。

"你得打电话告诉妈妈你没事！"

"我会打的，但我记不起她的号码了。请给我一下，我会的。"在迅速挂掉电话之前，杜娅向她保证道。

杜娅无法清醒地思考，这晚剩下的时间里也一直没睡着，她在发愁怎么和家人说巴塞姆的事。她甚至没法记起什么是真实的、什么是想象的。那几天，她一直在想的，只有活下去，并且保住两个小女孩的性命。但现在，她不知道接下去该做什么了。玛莎和马拉克曾经给她的目标感，此时已荡然无存。此前，她所有的计划是和巴塞姆一起组建家庭生活，现在只剩下她自己了。如果她跟父母讲，就意味着必须承认巴塞姆已经过世，那意味着她必须想清楚怎样在没有他的情况下生活下去，以及面对她对巴塞姆的死是有责任的这个想法。因为在巴士开往海边的路上，他想回去，是她坚持继续向前，不顾当时自己也有不好的预感。

她知道不能再继续往下拖了，于是拿起电话给母亲拨过去。

自从哈娜、夏科里和杜娅、巴塞姆道别之后，他们就一直满怀担忧。哈娜甚至有一种不祥的预感，觉得自己再也见不到他们了。杜娅最后一通电话打过来是告诉父母，他俩就要在那个地方登船离岸。自打那天开始，哈娜和夏科里就尽可能待在家里，避免被人问及关于他俩的消息。杳无音信的五天过后，哈娜焦虑不已，因为这趟旅程最多需要四天而已。于是她打电话给杜娅的朋友们，让她们在 Facebook 上查"从死亡逃向死亡"，这是一个追踪开往欧洲的难民船的网页，每当一艘船安全抵达之后就会发布一条公告。上面列了很多船的名称，但是没有九月六日从戈马萨开出的那艘。

哈娜试图说服自己他们已经抵达，就是找不到联系自己的办法而已。或者船的引擎出了点问题，留在海上等待救援。夏科里大声质疑，是不是像之前那样没能上船就被关到了牢里，不能打电话。他们闭口不提的一点就是，杜娅和巴塞姆可能已经死在了海上。

各种矛盾的信息开始通过朋友和家人传来。去商店的路上，纳瓦拉听说船沉了，但杜娅和巴塞姆在二百名幸存者中。还有一次，邻居对萨迦说杜娅和巴塞姆死了。妹妹们隐瞒着这些传言，绝口不提，害怕吓到父母。

在接到杜娅最后一次电话的六天之后，哈娜也听到了传言，说船沉了，无人生还。她开始担心发生了最糟糕的事情，但保持着沉默，不想让家人担忧，或者向自己承认杜娅可能已经死了。在九月十八日，杜娅和巴塞姆走了十二天后，一队邻居敲开了他们家的门，说要进来。他们带来了一些消息。从这些人的脸上，哈娜判断出是关于杜娅和巴塞姆的，但她不敢问。女人们去了阳台上，而男人们阴郁地坐在客厅里。

正当邻居们要开口说话时，哈娜的手机响了。她接起来，因为打破了令人压抑的紧张，并且延迟了他们将要告诉自己的消息而感到如释重负。"谁啊？有什么事？"她以一种不同于往常的唐突问道。

"妈妈，我是阿雅特！听着！杜娅还活着！"阿雅特迅速给母亲讲了凌晨三点接到的电话，告诉她杜娅正安全地待在一户希腊人家里。

"感谢主！"因为如释重负，哈娜简直有些虚脱。

哈娜告诉阿雅特，几天前自己就听到了沉船的消息，但没给别人讲，不想其他人跟着担心。然后她问巴塞姆怎么样了。

"她告诉我他正睡在一座清真寺，但听起来怪怪的，"阿雅特说，"我不确定。我们通话时她迷迷糊糊的，不过她说的话听起来不对劲。"阿雅特把杜娅在希腊的号码给了哈娜，这样她就能打过去自己和女儿说话了。

阿雅特一放下听筒，哈娜就拨了这个号码。一个女人在另一头应答，说的是阿拉伯语。哈娜焦急地请求和她的女儿说话。

过了几秒钟，杜娅拿起了电话："妈妈，我没事。我感觉好些时会打给你。"她听上去有气无力。

哈娜的心一下子放了下来，但不相信杜娅这么快就要挂电话。"巴塞姆在哪儿？"

"他去超市了。"杜娅平静地说。

哈娜能感觉到杜娅的回答不对劲，并且还想草草挂断电话。她就要求和女主人再说几句。当对方接过电话时，哈娜向她询问详情。"她很好。"女主人说道，并且保证他们就像对自家女儿一样保护着杜娅。而当问及巴塞姆时，她仅仅说他不在，就没有其他细节了。哈娜从她那紧张的语气中察觉到杜娅在旁边，于是就问能不能私下说。过了一会儿，女主人开始更坦白地和她聊了起来，说自己怀疑巴塞姆可能已经和其他人一起被淹死了，但杜娅拒绝承认这一事实。女主人说杜娅是个女英雄，在海上漂了四天还活下来了，并且救了一个小女孩。"杜娅是个好心肠的姑娘，和我们待在一起很安全，感谢主她活着，"她压低了声音，"愿巴塞姆安息。"然后又把手机拿给了杜娅。

杜娅的声音微弱得简直难以辨认出是她本人。

哈娜只想放声大哭，但她知道要为了杜娅而表现得坚强。"开口说点啥，我的女儿，这样你父亲和我们的邻居能听出来是你。"这时，因为听说杜娅还活着，家人和朋友都聚集到了哈娜身边。哈娜把手机放在扬声器上，告诉她："每个人都来了，都在问你的情况。"

"我没事。"杜娅向房间里的每个人保证,这是她。

听到她的声音,大家都放声大哭起来。

"休息吧,杜娅。"哈娜给她说,并保证明天一定再打电话过来。

每天晚上,杜娅都会被噩梦惊醒。她总是看到巴塞姆从自己身边滑脱,沉入大海。随着一遍遍梦到这个场景,她开始挣扎着接受这个事实。慢慢地,她承认了巴塞姆已死,而白天单独一人待在家里时,她整个人都会被悲伤吞噬。

有时候她会走到公寓的阳台上,看着天,想象巴塞姆就在那儿。"多么希望你今天能够在这里,和我待在一起!"她对着云朵扬起脸,徒然希望得到回应。"没有你,我的幸福已破碎。"还有一些时候,她会假装巴塞姆依然还活着。在白日梦中,她会幻想碰到他,一起走在干尼亚的商业街上,在那里他们可以拥抱,延续他们已经停止的爱情故事。她依然不肯和家人承认他已经死了。在一次和家人的通话中,夏科里问他对巴塞姆死了这件事怎么想,杜娅想也没想就回答道:"他没死,爸爸,他还活着。"

这期间,关于这位年轻女子从最可怕的地中海难民船海难中活下来,并救下一名小孩的描述,传遍了阿拉伯社会的社交媒体。失踪乘客的亲友们,都眼巴巴地从新闻里搜寻自己亲人或朋友的消息,杜娅的故事给了他们希望。寄居家庭的一位友人到 Facebook 上公布了他们家的电话,给那些正在找沉船信息的人们。几分钟之内,几百条信息和电话就潮水般涌了进来。"你知道我女儿怎么样了吗?""我的儿子还活着吗?""我母亲被救了没?""这里有一张我妹妹的照片,你见过她吗?""你见到过我父亲没?""你见到过我叔叔没?""你见到我朋友没?"信息把杜娅淹没了,她尽可能去回复他们。她让大家发照片过来,这样可以看看是否能认出来。如何能告诉他们,这些人都已经没希望生还了?包括自己在内,只有六个幸存者,其他五个人或许被带到了马耳他?但,这就是全部。又如何能告诉他们,她确实认出了其中一些,可这些人是自己看着淹死的?

有些信息充满敌意:"为什么你是唯一幸存下来的几个人之一?你一定接受了偷渡者的帮助。"看完这些攻击性的信息,令人身心俱疲,每一条都使她想起曾眼睁睁看着死去的那些人,还有重新唤起她心中那份失去巴塞姆和马拉克的悲伤。突然,一条署名穆罕默德·达苏奇的信息跃入眼中:"杜娅,我认为你救了我的侄女玛莎。"后面还贴了张照片,是个穿着上面有白色和紫色花纹的蓝裙子的小女孩。杜娅凑近去看。镜头中那个微笑着的婴儿正是她在海面上紧紧抱了四天的玛莎。

杜娅把手机给女主人递过去,让她也看看,解释道:"玛莎有家人!"杜娅脸上笑容灿烂,船难以来,她还是第一次如此由衷地感到快乐。她马上回了这条信息,为自己最终能带给别人一点好消息而欢欣无比:"是的,这就是和我一起被营救的玛莎!"

杜娅获悉,穆罕默德·达苏奇是玛莎父亲伊马德的弟弟,今年二十八岁,他以难民身份居住在瑞典,带着玛莎的姐姐希德拉一起生活,因为他的钱只够承担他俩到欧洲的费用。来这里之后他就提交了申请,想通过家庭团聚程序让包括他的妻子、女儿、希德拉的父母和兄弟姐妹在内的家庭成员也到瑞典来。但一整年过去了,他仍然没有拿到相关文书,玛莎的父亲伊马德等不下去了,决定想办法过来,就给自己一家人订了船票。伊马德认为,既然穆罕默德和希德拉都可以安全抵达,那么其他家庭成员也应该能做到。上船之前,伊马德给桑德拉和玛莎拍了张合影,桑德拉穿着橘红色的救生衣,手臂自信地搂着玛莎的肩头。他也自信地把照片发给了弟弟,确信很快能和他团聚。

后来,当穆罕默德听到船只失事,并且船上绝大部分人没有生还,心就沉下去了。他知道自己的哥哥嫂嫂还有他们的小女儿都在那条船上,很有可能也死了。然后他在媒体上获悉,有个十九岁的叙利亚姑娘幸存下来,还救了一个两岁的小女孩。他也看到了被救小孩的照片,通过和自己手上的照片加以比对,他得出结论:玛莎还活着!

杜娅发信息给穆罕默德,确认到玛莎安全活着,第二天,后者就飞到了克里特岛,到那家医院要求见自己的侄女。此后,联合国难民署和瑞典大使馆花了整整一年时间,来确认穆罕默德和玛莎的亲属关系,并同意他以合法监护人的身份把她带走。而在鉴定进行期间,玛莎被送到雅典一家专门治疗遭受创伤的儿童的孤儿院。她和其他孩子们一起玩耍,很快就学会了希腊语。DNA 鉴定和法庭听证都完成之后,玛莎最终回到了叔叔、婶婶、姐姐和堂兄弟的身边,在瑞典开始了新的生活。

对杜娅来说,发现玛莎还有家人在世上是一个转折点。这个经历让她觉得,自己的心有可能会开始愈合。她甚至一度相信,自己可以与家人团聚,重新开始她的生活。但从家里传来的消息是严峻的。杜娅获救后几周内，来自世界各地的媒体都要求采访她，问她有关沉船的遭遇。有部分报道引述了她对那些撞击他们的船，并导致五百人死亡的人贩子的谴责。一开始，她没有想过这些采访会带来的后果，直到有一天母亲在电话里跟她求救。

"有人威胁我，杜娅！"哈娜在电话里告诉她，上一次听到母亲用这种口气说话，还是那些埃及人威胁说要强奸杜娅和她的妹妹，"他说：'告诉杜娅闭上她的嘴，不要指名道姓。我们知道你们住在哪儿。'"

这是第一次，后来又有很多次这种未知号码打过来的威胁电话，扬言要修理他们的家人。

哈娜告诉杜娅，她向警察报告了这些匿名电话，也和联合国难民署取得了联系，难民署很郑重地对待此事，他们派了一个人去哈娜家里谈话，并建议他们换一个住处。"我实在不想搬了。"哈娜对杜娅说，杜娅也向母亲保证自己不再接受任何采访，希望这些人能放过他们。

但过了一些天，杜娅又收到母亲的一通电话。哈娜有天和家人一起待在屋里的时候，听到有人敲门。她开门看到一个穿着整洁的埃及男人站在外面，礼貌地要求查看他们的护照，说自己是警察。哈娜不假思索拿出了护照并递给他，他很快地翻着，大声读了一遍护照上的名字。"那时候我就有些怀疑了。"哈娜告诉杜娅，当时她从男人手上一把抢下护照，质问他，"你要我们的护照干吗？"

"我只是看看有没有叙利亚人在这里。"他回答道，突然就离开了。等这人走了之后，哈娜跑去派出所，询问他们是否曾派了一名警官到她家检查身份证件,得知并没有这么回事,哈娜就发愁了。她担心自己把护照拿给对方看的做法,是不是会把全家人置于危险之中。后来她就收到了充满淫秽词语的短信,上面还说:"我知道你的女儿们叫什么。"

不久后,萨迦和纳瓦拉有天回家时,感到自己被跟踪了。两人转过头看身后,发现一个身材高大、衣着整洁的男子,右手握着好像一把刀的东西。她们认出这就是那个来到家门口要求查护照,并冒充警察的人。她们吓坏了,迅速穿过街道,跑到一个她们知道正好也在附近的邻居身边。后来,女孩们告诉哈娜和夏科里发生了什么,这家人发现他们别无选择,只好搬家。哈娜再次给联合国难民署处打电话,司法人员也上门来了解更多情况。她把杜娅那边发生了什么,以及受到的威胁都给他们讲了,包括女孩们面临的性骚扰,这使得他们不得不让两个人离开学校。联合国的官员们告诉这家人,他们面临的危险境况已经符合重新安置的条件,而瑞典是能够接收"易受到攻击"的叙利亚难民的国家之一。"瑞典,"哈娜喃喃道,"那是杜娅和巴塞姆想去的地方。"

为了让家人离开埃及,杜娅决定做自己所能做的一切努力。对那些威胁者的愤怒暂时地使她化悲痛为行动,她向联合国难民事务高级专员伊拉斯米亚·洛马那求助,这是一个她渐渐开始信任的工作人员。而伊拉斯米亚解释说,这个过程漫长而复杂。虽然杜娅他们家有很强的支持证据,但希腊还没制定和其他欧盟国家相关的重新安置项目。她建议杜娅在希腊申请政治避难,这样就能在那里定居并有权出去旅行,最终还能获得公民身份。但杜娅心系瑞典,她和巴塞姆曾经一起计划去那儿。如果不能和巴塞姆一起去，也希望和家人一起去，如果不能和家人一起去，也希望自己前往。一旦到了瑞典，她就能执行当时和巴塞姆共同制订的计划——利用瑞典的家庭团聚项目来把家人带过去。

每天，杜娅都要和沮丧搏斗，但为家人的安全而奋斗这一信念给了她新的决心。接下来的几个月里，她的生活开始回到正轨。她的故事引来希腊民间社会的反思。干尼亚市长呼吁国家有关部门授予杜娅希腊公民的身份，以表彰她的英勇行为。遗憾的是，请求无果，但这份帮助让杜娅看到自己置身于新的希望之中——作为一个勇敢且坚强的人。

接下来，二〇一四年十二月十九日，受人尊敬的雅典学院赠予杜娅一笔每年三千欧元的奖金，嘉奖她的勇气。她去了一趟雅典，在接受奖励那一瞬间所感到的自豪带来了一个转折点，她开始朝前看了，并告诉自己，重新和家人团聚之前永不停止战斗。那之后她要开始学习，去成为一名律师，这样就能为正义而战。在她一生中，见过的正义少之又少。

由于远离家人，她倍感痛苦，她还要挣扎着去克服不时吞噬自己的绝望和悲伤。她生命中的前十九年都是被家人围绕的，而今孑然一身，她发现和自己的记忆独处，要比去分享它们来得容易。她觉得自己和同龄女孩不一样，享受着寄宿家庭的姐妹们的友好陪伴之时，她也知道她们永远无法明白自己经历了什么。她找不到语言来形容那些死亡的可怕，以及目睹的磨难，还有自己这份深深的悲痛。每次她试图去讲这些事情的时候，那种难过都会带给她恐吓与压迫感。在见过那样的邪恶之后，她很难再次相信别人。杜娅觉得她能靠自己克服创伤，不再向任何人求助。

有时,在日常生活中,她会突如其来地记起在水中度过的日子,那感觉如此有力地击中她,痛苦会再一次把她吞没。有一天,她在对着镜子梳头时,闻到了巴塞姆的古龙香水味,转过头发现他站在自己身后。埃及的朋友传来谣言,说他活着,被关在了那边的监狱里。她有一部分希望那是真的,虽然每个晚上,她都会在脑子里一遍遍地回顾他在她面前沉下去的情景。她试着去想一些他可能会活下来的方法。这会让她在睡前辗转数个小时,第二天,她醒来时,会希望那些他死去的画面仅仅是个梦,巴塞姆依然在门外等她。

二〇一五年夏天,获救差不多一年后,杜娅还在继续与悲伤、噩梦还有害怕自己再也无法继续生活的恐惧做斗争。有天她看到一则新闻,说有好几千名来自家乡的难民抵达了希腊。他们从土耳其出海,通过巴尔干半岛去往奥地利、德国和瑞典。她常常会想,是不是能拿着那笔奖金再找一个人贩子帮自己去瑞典呢。不过联合国难民署指派来帮助安置杜娅的官员警告她,这段旅程太危险了,特别是对于一个单身年轻女性来说。他们鼓励她要有耐心,等待别的解决方案。他们正在帮助她的家人去瑞典,也在寻找办法让她一起过去。等到文书准备停当,她就能飞到瑞典,合法地和家人一起开始新生活。杜娅发现自己几乎已不能再保持耐心,或相信任何承诺帮忙的人,但如果这意味着能给家人带来安全,她会去试试。直到那时,她才在寄居家庭的保护下,慢慢地恢复过来。

那个夏天的某一天,经过一整年与悲伤、噩梦还有害怕自己再也无法继续生活的恐惧做斗争之后,杜娅和收留她的这家人一起去海滨野餐。大家吃完之后，一股冲动驱使她站起来，踢掉凉鞋，走进浅海，直到肩膀也被淹没。海水清澈、凉爽而安静。她站在那里，屏住呼吸，然后平静地让身体下沉，直到淹没头顶。她在海水中待了一会儿。当她伸出头来，回到岸边时，她转过头，望向海平线，心想，我再也不会怕你了。

尾声

Epilogue

杜娅在克里特岛很安全，也渐渐治愈了身心创伤，但她开始变得焦躁不安，为自己的未来担忧。希腊政府给她提供了申请政治避难的机会。但尽管周围有那么多对她友好的人，杜娅却不觉得希腊有家的感觉。待在这里，她每天都得面对淹死巴塞姆的那片海。虽然看着这一切已不再使她恐惧，她还是想从睹物思人的一切中离开。她和巴塞姆曾经的梦想是去瑞典，杜娅想完成这个梦想。同时，她非常为家人担忧，人贩子们的恐吓在升级，她做不了什么能帮他们的。最重要的是，她怀念母亲那充满爱的怀抱，怀念和看得见的家人待在一起的日子。她习惯于被他们的话语包围着的生活，那是WhatsApp通信软件和Skype电话没法取代的。她也觉得自己对家人眼下面临的险境负有责任,尽管不知道该怎么去做,但她下定决心要把他们从埃及带出来,一起开启新的生活。

我第一次见到杜娅是二〇一五年一月,在她寄居家庭的客厅里坐了几个小时,一边喝茶,一边采访,问及那些她遭受过的磨难。她最终下定决心讲出自己的故事,这让我很吃惊,然后我很快意识到她能够这么信任我的两个原因——一个是想帮助她家人到其他国家定居,另一个是想提醒那些也准备通过这种危险方式偷渡的难民。我很快就意识到杜娅身上有一种责任感,通常是他们阿拉伯文化里家中长子才会有的那种。她觉得只有自己能改变一家人的命运。那时候非常清楚的一点是,她早就不相信政府会帮助自己了,也不相信那些把船弄沉的罪犯能够被找出来接受应有的惩罚。"我们叙利亚人没谁可以依靠的了,除了主,"她这么对我说,"也许会有人对我们加以关注,但也就是口头上的。我早就疲倦了。既不能回父母身边去,他们也不能来这里。听到那么多的承诺有什么用呢,我只想看到行动。"

我决定把她的故事带到全世界面前,更想帮助她在瑞典开始新生活。杜娅的英雄事迹早就被希腊媒体广为报道,她获救后几个月还被权威的雅典学院授予了年度嘉奖。但我强烈地感到,她的故事值得让全球听众都来倾听,而这绝对能引起他们的反思。

我的同事们启动了一个正式的程序来促成杜娅的重新安置,对于那个时期的欧盟国之一希腊来说,这是不寻常的。但杜娅被当作一个特殊案例来对待——一个饱受创伤的年轻女人,家人正遭受威胁——所以他们请求特殊考虑。像埃及这样

尾声

收容难民的国家，有一套重新安置系统，杜娅一家的危险状况已经符合联合国难民署的"易受到攻击"标准。杜娅的个人申请和其家庭的申请被关联起来，产生了一个特殊请求，就是他们要求安置到同一个地方去。

二〇一五年十月的一天，我和杜娅正在干尼亚的一家户外咖啡馆待着，这时候我接到了一通电话，通知说瑞典政府已经接受了杜娅和家人的重新安置申请。得知这一消息后，杜娅的脸上浮现出了真正快乐的表情，这还是从我们一起开始写这本书以来的第一次。我点了冰激凌庆祝，她则喜不自胜地给父母打电话报佳音。

二〇一六年一月十八日，哈娜、夏科里、萨迦、纳瓦拉和哈姆迪登上从开罗飞往斯德哥尔摩的航班，转机至厄斯特松德机场。他们在机场受到了接待的瑞典官员的欢迎，然后乘一辆厢式货车去往新家，他们的新家位于瑞典北部的一个白雪皑皑的地区，距离机场有几个小时的车程，就在一个叫作哈默达尔的小村庄里。

同一天早晨，杜娅也登上了干尼亚到雅典的航班，依次转机至哥本哈根、斯德哥尔摩、厄斯特松德。当她在半夜左右抵达新家之时，当她吃力地踩过近一米深的雪才走到门口时，全身都冻得发抖。她这辈子也没这么冷过。她怯怯地敲着前门，几秒钟之后，哈娜开了门，向着女儿伸出了拥抱的双手。夏科里站在后面，热泪盈眶。相隔一年半，杜娅终于再一次地感受到母亲温暖的怀抱，她永远不想失去了。

杜娅这样的难民，早已经失去了曾经定义自己的一切——家园、社区、生计，但并不想失去希望。可是，她和她的家庭还有什么选择呢？待在埃及，继续做一个几乎没有机会获得教育和有意义的工作的难民？回到一个战火纷飞、毫无希望且极其危险的地带？还是铤而走险登上"死亡之舟"，从海上去往欧洲寻找安全保障和更好的人生机会？

对于绝大多数难民而言，回去也什么都没有了。他们的房子、生意和城市都被破坏殆尽。自从二〇一一年叙利亚爆发危机以来，战火席卷了这个国家的所有区域，经济和服务设施已经崩溃。有差不多一半的叙利亚人（大约五百万）被迫逃离故土以求活命，另外六百五十万人在国内流离失所。从二〇一一年三月开始，大约有二十五万人在战争中死去，超过一百万人在战争中受伤。叙利亚人的平均寿命退回到了二十多年前，据统计有一千三百五十万人需要人道主义救援，其中包括六百万名儿童。但其中约有一半的人处于很难接近的地带，或者索性就是被武装力量包围的地带，这也使得援助变得非常困难，甚至不可行。

本书（英文版）出版的时候，叙利亚内战已经持续六年之久，五百万难民逃亡到黎巴嫩、约旦、土耳其、埃及或伊拉克等邻国，有的驻扎在荒凉沙漠里，有的临时凑合地搭了个住所，有的住在破破烂烂的公寓里。他们每天从电视新闻里看到自己的家乡和城市被炸成一片废墟，每天还要听到关于自己朋友和亲人死去的消息，这些都会带来更深远的心理层面的影响。

而随着如此之多人口拥入，曾经欢迎他们、接纳他们住进来的共同体如今也不堪重负。弹丸之地的黎巴嫩，自身还在贫穷和不稳定中苦苦挣扎，现已有百分之二十五的人口组成是

尾声

难民。那里没有足够的学校，没有足够的供水系统，没有足够的卫生设施，甚至没有足够的房屋来支撑日益膨胀的人口。

五年多的武装冲突，毫无和平迹象，许多叙利亚人已经放弃了回到家乡的希望。难民们迫切感到需要背井离乡到更远的地方，去寻找一个安全的庇护之所，可以让孩子接受教育，重建生活，即便这意味着在穿越地中海的险恶之旅中面临死亡的威胁。

二〇一四年到二〇一五年间，大批叙利亚难民涌入欧洲，这提醒该区域的政府要设法提供更多的难民援助，整个欧洲意识到他们不能再置黎巴嫩、约旦和土耳其于不顾，让他们在没有支持的情况下去面对难民们的悲惨境况。二〇一五年一月，有关国家在伦敦召开了一次国际研讨会，呼吁新的基金、人道组织和收容国的加入，包括提供教育和工作的计划。欧盟和土耳其达成了一项协议，就是给该国提供十亿美元的补助，以阻止难民从这里继续逃往其他地区。在巴尔干半岛修建边境围栏，以阻止那些已经到达希腊的难民前往欧洲其他地区，同时也为了阻拦其他想要通过这一途径深入欧洲各地的其他难民。但这次经济上的许诺落到现实中，却恰好证明了这次研讨会的无效，远远无法达到难民的需求，他们的生活水平也没有明显的改善。

杜娅的故事，就是数百万生活在炼狱中，一边寻找庇护，一边在新闻里目睹国家被战火摧毁的难民们的写照，也是国际力量在地区战争中变得无能、无意愿和无所作为的写照。

现在，杜娅和家人在瑞典这个安全而慷慨相助的国家开始重新生活。杜娅、哈娜和夏科里进入了语言班学语言，而萨迦、纳瓦拉和哈姆迪进入了当地的学校。但我还是忍不住想问，为什么杜娅要付出如此大的代价——把自己的生命置于危难之中，失去了未婚夫，目睹五百个人在面前一个接一个死去，才能最终到达这里得到庇护和机会？

如果巴塞姆当初就有去国外工作的签证，如果已经身处北欧的穆罕默德·达苏奇和家人能够有机会把其他家庭成员接过来，如果他们不需要去冒这样的险，如果有一条合法途径让人们能够从埃及去国外求学，这一切是不是就不会发生？为什么没有大型的重新安置项目来帮助我们这个时代最糟糕的一场战争中的受害者——叙利亚人？为什么那些收容了四百万叙利亚难民的邻国和共同体得到的用于基础设施和经济发展的资金那么少？当然，还有最主要的问题：为什么国际社会不去做点什么来阻止战争和迫害，来改变贫穷与匮乏，而只是任由它们把更多难民赶上去往欧洲的海岸？

最简单的真相就是，如果能在居住地安居乐业，难民们就不会搭上性命去投身如此危险的旅程。如果能够申请到在一个安全的国家合法定居，没人会愿意把自己一生的积蓄拿给那些声名狼藉的人贩子。除非这些问题被有效解决，否则一直会有人继续横穿大海，用生命作为赌注去寻找避难所。

杜娅希望她那条船上的乘客们不要白白死去，令她感到无比激愤的是，整整五百名难民，其中包括她爱的男人，最后找到的避难所居然只能是深深的海底。她感激瑞典政府给了自己和家人庇护，以及一个新开始，但依然还在为两个姐姐担心，她们和自己的家人仍然以难民身份苦苦挣扎在约旦和黎巴嫩。现在杜娅每天数小时待在瑞典的学校里上课，期望能有一天可以步入大学进修法律。她相信自己有了律师证书之后，就能够为更大的公平而战。

二〇一五年五月，杜娅去往奥地利维也纳，接受了（石油输出国组织）OPEC 的国际年度发展基金。评奖委员会称，他们因为"她的勇敢，以及她通过分享自己的故事引起了人们对难民危机的更大关注"而授予杜娅这个奖项。这笔奖金将用于支撑她今后的教育，及帮助其他沉船幸存者难民。在领奖时，杜娅站在穿着礼服，对她流露出欣赏和敬佩的上流社会人群面前。她说："没有哪个人会愿意脱下救生衣结束生命，没有哪个家庭想要颠沛流离……这样的旅程，一次次把难民从绝望带向死亡。今夜你们给了我一点内心的平静。"

杜娅的话

A Note from Doaa

在这本书中,我把我的苦难与你们分享。这仅仅是世界各地难民所遭受的艰难与痛苦之中的小小一瞥。我代表那些为了获得有尊严的生活,而不得不每天拿生命去冒险的数百万人发出这个声音。

难民们踏上危险的旅途,想要安全抵达欧洲,却往往以失踪和死亡告终。但我们之所以把生命交到凶残冷血的人贩子手上,只是因为别无选择。我们仅有的愿望是平平安安活着。我们不是恐怖分子,是和你们一样的人,我们的心一样能够感受,能够渴望,能够爱,会受伤。

在我的家乡,每一个家庭都丧失了那么多,以至于他们不得不在心里重建自己的家。我们失去了家园,我们的梦想都被埋在了过去。多么希望所有遭受过的惨剧都只是一场噩梦,那样我们还可以醒来。

在叙利亚,应该对这场战争负责的人,毫不在意孩子流血死去、家庭四分五裂和家园摧毁殆尽。而世界上的很多人,也并不为所有掉在海里淹死的那些寻求庇护之所的人感到哀恸。

我的未婚夫,我的一生所爱,从我双臂中脱开,沉入了大海,这一幕就发生在面前,而我什么也做不了。现在没有了他,生活就好像一幅失去色彩的画。如果他还能和我在一起,我愿意付出一切代价。

漂在海上的时候,我尽了自己最大努力去保住玛莎和马拉克。那可怕的四天里,她们成了我的一部分。当我获知宝贝马拉克在获救后还是停止了呼吸,那种感觉就好像心脏被从胸膛里掏了出去一样。但我知道她去了天堂,这让我好过了一些。在天堂里她至少安全,没有争斗,没有战火纷飞。

感激所有不去漠视这一切的人。特别想感谢那些给予我家人温暖欢迎的埃及朋友,对我施以援救的 CPO Japan 号的船长和船员,把我拽上直升机的飞行员,挽回我生命的克里特岛的医生们,以及我的寄宿家庭,他们收留了我,给了我一个疗伤的空间。我还想特别感谢联合国难民署,促成了我们的重新安置,还有瑞典政府,给了我们安全、充满希望的新家。

但愿有一天,我可以回到叙利亚,再次呼吸那里的空气。就算只有一天,也已经足够。

作者后记

Author's Note

最早看到杜娅的故事，是在联合国难民署的希腊网站上。作为难民署通讯社的负责人，我一直在寻找关于幸存者的独特报告，可以反映出难民的困境，让公众有一个桥梁去建立理解和同情。那是二〇一五年三月，我在准备五月份去希腊塞萨洛尼基做一个 TEDx[①] 演讲，内容是关于地中海地区的难民危机。几乎在读到的第一时间，我就知道，杜娅的故事能打动希腊的听众，并且引起那些想要了解难民现状的各地人们的共鸣，明

[①] TED：美国的一家私有非营利机构，诞生于1984年，名称源自英语中技术（Technology）、娱乐（Entertainment）和设计（Design）的缩写。TEDx 项目是由 TED 于 2009 年推出的一个项目，旨在鼓励各地的 TED 粉丝自发组织 TED 风格的活动。

白是什么让成千上万的难民不顾生命危险渡海去往欧洲,即便有的人已经逃离了战火,也依然执着于此。

我和雅典的同事伊拉斯米亚·洛马那用 Skype 通了个电话,她此前被难民署委派去处理杜娅和玛莎的案子。后来伊拉斯米亚在杜娅出院后和杜娅做了个面谈,了解她的需求,并让她知道自己有权利要求在希腊避难。在伊拉斯米亚跟我讲杜娅的故事时,我能明显地看到她在发抖,我知道,她在做难民工作期间,通过面谈,倾听过各种各样悲惨的故事,但没有哪个故事像杜娅的故事这样让她揪心。几周之后,我就前往克里特岛会见杜娅本人了。

雅典的同事凯蒂·凯哈伊欧洛、斯特拉·纳钮和凯特琳娜·基缇迪安排了这次拜访,并且搜集、翻译了所有出现在希腊媒体上的报道,让我做功课。这些文章以及照片和其他报告,后来被证明对于成书是很有帮助的,其中也有一些不实之处,经过交叉核对而得到纠正。

另两位同事安娜·怀特和茜贝拉·威尔克斯和我一起到了克里特岛,茜贝拉在整个准备 TED 演讲的过程中都给予了我支持。我第一次和杜娅面谈是在二〇一五年四月二十一日,在她的寄宿家庭。由于她只会讲阿拉伯语,而我们的翻译只会把阿拉伯语翻译成希腊语,所以伊拉斯米亚还得在这长达三小时的交谈中,把希腊语翻译成英语。很快我就搞清楚了媒体的报道只触及了这场噩梦般的灾难的表面,对杜娅在叙利亚、埃及和地中海上的遭遇也只是一带而过。在这儿,杜娅是受到欢迎的,也被温暖以待,但仍然十分脆弱,而且带有明显的心理创伤。有一次,在她转述了巴塞姆是怎么溺死的细节之后，我问她是否还想继续。"你想问什么就继续问吧，"她说道，"这是我的人生。我和它一起存在。"那时候她的警惕性很高，但很清楚的一点是，她把我们当作潜在的、能提供帮助的、可信任的人。她想做到的一件事，就是和自己家人一起去瑞典得到重新安置。她的家人当时还在埃及，杜娅觉得自己有责任去保护他们，她也知道我们是唯一能够求助的人。

杜娅的寄宿家庭在她被救上来后一直照顾了她十六个月，就当作自己的女儿一般，他们也提供了极大的帮助，让我们接近杜娅。但他们不想接受采访出现在书中，理由是他们接受了"真主的意愿"来照顾她，并不值得去大书特写这份慷慨。所以我在书中隐去了他们的姓名。但我想在这里正式向他们致谢。这家人为杜娅提供了一个疗伤、保护和爱护的居所，这是非常高贵和美好的行为。

和杜娅见面后的第二天，我们去了趟伊拉克利翁，拜访了大学医院，小玛莎获救后就是在那里得到治疗的。我们见到了她的主治医师戴安娜·菲特罗拉齐。她跟我证实了玛莎刚入院时"接近死亡"，"我们给她注射葡萄糖、生理盐水、输氧，"她告诉我，"给她唱歌，抱着她，抱在怀里到处走。过了两天，她开始笑了。她一直要抱抱，希望整天都被人拥在怀里。工作人员经常去抚摸和拥抱她。他们对孩子都很爱，但还没遇见过类似于这样的案例。"那天我离开医院时想，救了玛莎的，不只是现代医学技术，还有菲特罗拉齐医生和大学医院的工作人员从她入院第一刻就给予这小女孩的爱。

离开医院之后，玛莎被送往雅典的一个孤儿院"米特拉寄养之家"接受照料。我也去了那里，待了几个小时，一边和她玩耍，一边和这边的经理还有工作人员交流。我发现这个活泼的小婴儿很快就在学习希腊语了，这里应该是帮助她度过父母和姐姐相继溺死这一悲惨创伤的最好场所。

接下去，在联合国的雅典办公室，我通过 Skype 采访了玛莎的叔叔穆罕默德·达苏奇，他人在瑞典。在我们聊天的时候，他的妻子、两个孩子还有玛莎的大姐姐希德拉不时出现在对话框镜头中。穆罕默德在等一个合法程序的鉴定结果，确认他和玛莎的血缘关系，这样才能把她带到瑞典来和姐姐还有家人团聚，他也可以成为她的合法监护人。

那个下午，我的同事们还安排了和另一个幸存者舒科里·阿苏利的会面。当时舒科里正处于非常糟糕的境况之中。巴勒斯坦因为资金短缺，已经停止给他发放每个月少得可怜的补贴，而在几天之前，他和一个朋友在雅典中心一个公园被右翼极端组织"金色黎明"的成员狠狠殴打了一顿，因为他们是外国人。两个人都被送到了医院。他现在身无分文，受了伤，在给我们看他已故的女儿在加沙漂亮的粉红卧室里的照片时，他哭了。舒科里想让人们知道他的故事，我们同意让一位叙利亚记者约尔·阿卡什，也是他的朋友，在合适的时候向他询问我这边提出的问题。这个采访，随同几个月后他回到加沙又接受的一次采访，给出了沉船时以及他们在海面上苦苦求生时的更多细节。

搜集到足够多的信息来写 TED 演讲的脚本后，我把这个文本分享给了 TEDx 塞萨洛尼基的负责人凯特琳娜·比利欧瑞和埃琳娜·帕帕多布罗，她们立刻就认定杜娅的故事能够深深

作者后记

打动希腊听众们，并能让更多人了解为什么有那么多难民冒死出现在他们国家的海岸线上。在演讲的筹备阶段以及完成之后，凯特琳娜和埃琳娜都为推广这个演讲付出了极大努力。TED 的欧洲区主管和 TED 全球论坛负责人布鲁诺·朱萨尼也审读了这个脚本，给了很多深刻的建议，甚至做了编辑，使得脚本在结构上大为改进。我也十分感激马克·特纳给文字做的润色。我一遍遍地排练这个演讲，同事茜贝拉·威尔克斯、伊迪丝·尚帕涅、克里斯托弗·里尔登、亚历山大·圣丹尼和梅德里克·德罗兹－迪特－巴塞特都充当过耐心而积极的听众，给了很多反馈。演讲教练 T. J. 沃克在整个过程中都给予我支持，对排练视频提意见，让我依循一定规则练习。当我二○一五年五月二十三日正式演讲时，听众们全神贯注地安静倾听，结束时他们起身鼓掌，许多人流着眼泪。我后面的一位演讲者亚历克西斯·潘塔齐斯是雅典的杰出实业家，他被杜娅的故事打动，以他公司的名义为杜娅提供了一笔奖学金。

我决定把演讲的链接发给文学代理莫莉·格利克，当时她在铸造传媒供职，如今在创新艺人经纪公司（CAA）工作，此前看过我第一次难民主题的 TED 演讲之后，她曾找过来邀请我写书。"这能写成书吗？"我问她。她的回答非常明确："能！"在莫莉的无限热情和强大信念下（她相信杜娅这样的难民故事正当其时），我们做出了一个出版方案，她也推荐了一位富有经验的非虚构类文学编辑，同时也是一位成功的小说家多萝西·赫斯特来帮我完成方案，以及在我写作时全程提供帮助。莫莉的助手乔伊·福尔克斯也是最早拿着我的 TED 演讲去给莫莉看的人，担任了面向各个市区的所有外联工作，铸造传媒的柯尔丝滕·纽豪斯则搞定了八个国外出版社来推出其他语种版本，且这一数目还在增加。

我的书最后交给了麦克米伦出版公司的一个子公司"弗拉特爱恩图书"来出版。我的编辑科林·迪克曼对于如何把故事讲得感人、有教育性、能影响读者非常上心，而这一点也让我印象深刻。从那时起，科林就开始熟练地指引我的整个写作以及市场推广，敦促我按时交稿，鼓励我写出了自己认为最好的一本书。随着书稿进入最后阶段，弗拉特爱恩图书公司另一位编辑贾丝明·福斯蒂诺显著地提升了文本的流畅度和结构，因为她对风格和结构有着敏锐新颖的眼光，而文字编辑史蒂夫·博尔特和出版律师迈克尔·坎特韦尔针对前后一致性，梳理了最后的文稿，使文本完成得很好。

在 TEDx 演讲中展现杜娅的故事，对她来说是件大事，但把她的整个人生以细节方式写进一本书中却让她感到恐惧。我非常相信把故事讲给世人能帮助她正视这一惨剧，也能给她更多经济支持。我也确信她的故事能够给读者们一个透视叙利亚战争的机会，以及难民们在邻国疲于奔命的生活，并由此弄清楚是什么缘由，导致那么多人要以生命去冒险来穿过地中海，去往欧洲。我的男同事菲拉斯·卡亚尔也是叙利亚人，他被杜娅的磨难所打动，积极地推动杜娅和她家人答应这件事，说服他们这本书将会带来最好的收益，而我也是值得信任的作者。杜娅做这件事的动机是愈合自己的内心创伤，菲拉斯让她明白了，向全世界讲述这个故事能够帮助到其他人。

作者后记

　　显然，为了获得足够用来写书的细节，我需要找个不但可以讲一口流利的阿拉伯语而且要对现在叙利亚人的境况体察入微的人一起合作。我最终找到了扎赫拉·马卡欧伊，一个视频新闻工作者，也是一个纪录片拍摄者。她在黎巴嫩，专门为联合国难民署报道叙利亚难民。扎赫拉让我印象深刻的一点是，她有能力把个人的故事用更大的背景讲述出来，引起观众对于他们所处环境及遭受困难的理解与同情。她很快和杜娅一家建立起了紧密联系。她的敏感和关怀得到了这家人的信任。大多数采访都是我们一起做的，加起来一共有七十个小时的对话。有些片段对杜娅而言是如此令人痛苦，我们有时不得不停下来，第二天再继续。对于所发生的一切，她从未对任何人讲过如此丰富的细节，除了我们，而这种讲述看起来对她也是有帮助的。每次杜娅悲恸不已时，扎赫拉都知道如何去抚慰她，逗她发笑，帮她把情绪恢复过来。我们一起工作了七个月后，扎赫拉成了我的亲密朋友，也成了杜娅的导师。她把采访用手写文字记录下来，给纳格拉·阿卜杜勒莫内姆来翻译。这些材料提供了关于杜娅此前生活的详尽记叙，有生动的场景，还有他们家人的对话。扎赫拉确保这个手录文稿是完整连续的，时间线准确，每个记忆上拿不准的地方都被处理过了，每个时刻的情绪也都捕捉了下来。她甚至加上了富有想象力的注释，把这些加进了描写，在搭建整体叙事和勾勒杜娅的完整性格上也帮到了我。

　　大约在我开始着手写这本书的同一时间，也就是二〇一五年十月，TED 的编辑团队的海伦·沃尔特斯和埃米莉·麦克马纳斯在 TED 网站上发布了我的演讲，得到的反馈是现象级的,当二〇一六年八月我写完这本书时,网上已经有超过一百三十万人看过这个视频,而它也被志愿者们翻译成了三十种语言广为流传,对此我非常感激。TED 的编辑团队意识到了杜娅的故事当中蕴含的力量,并且提供了 TED 的平台来提高人们对于全球难民危机的认识。

如果不是因为多萝西·赫斯特娴熟的写作支撑,我也是没有办法完成这本书的。她事无巨细地告诉我,关于图书的出版事宜,以及如何写作长篇的技巧。在我的写作遇到阻碍或停滞不前时,她给予了我坚持下去的信心。她一个章节一个章节地打磨文本。她的编辑和增加的部分,使得这些场景变得更加生动,充满色彩和情绪。

我也要感谢简·科尔宾,她关于德拉的 BBC 系列纪录片,帮我设置了关于叙利亚战争的场景。还有其他一些作品提供了重要参考,包括罗宾·亚辛-卡萨布和莉拉·沙米的《燃烧国度》,以及帕特里克·金斯利的《新奥德赛》。我还要感谢那些公民记者,他们勇敢地用视频报道了目击的事件,这样主流媒体、历史学家和像我这样的作家都能用来描述这场战争的场景。非常非常感谢马赫·萨曼对于有关叙利亚章节的事实核对。

布鲁诺·朱萨尼的编辑工作和有洞见的建议贯穿在整个成书过程中,这些帮助提升了写作及内容。我还要感谢阿丽亚娜·拉莫里、茜贝拉·威尔克斯、伊迪丝·尚帕涅、克里斯托弗·里尔登、伊丽莎白·塔恩、伊冯娜·理查德和埃琳娜·多尔夫曼,他们阅读了我的手稿,一直在说鼓励我的话。还要特别感谢埃琳娜,她给杜娅画了一张非常好的画像。

作者后记

深深感谢帕特·米切尔，TED 女性板块的负责人，帮我联系到了洛克菲勒中心在意大利贝拉吉奥的奖学金项目。二〇一六年四月，我得以在他们位于科莫湖一个非常棒的居所待了一个月，这是完成书中最重要的几个章节的理想环境。特别感谢中心的总裁皮拉尔·帕拉西亚，她对这个项目怀有诚挚的兴趣，并让杜娅和扎赫拉也来此待了三天，在中心的安静环境中完成每天的采访。

除了杜娅提供的证据，其他几个采访对于此书也至关重要。我还要深深感谢哈娜、夏科里、萨迦和纳瓦拉，他们回答了我的各种问题，提供了他们家庭生活的深入视角，让我去了解杜娅这个人，还有她和巴塞姆的爱情故事。我还采访了杜娅在黎巴嫩的姐姐阿雅特和在约旦的姐姐阿斯玛，她们帮助我更加了解了杜娅的个性，以及她在接受巴塞姆已死这件事上的挣扎。

还要感谢无国界医生组织的那位埃及医生，他坚持匿名，但给我提供了当时杜娅身体状况和巴塞姆糟糕健康状态的记录，还给我讲了他们彼此之间乐观和了不起的爱。

感谢奥芬集团的斯万特·索米兹拉夫，奥芬是德国汉堡的一家油轮和集装箱管理公司。救了杜娅的船 CPO Japan 号本就是他们下面船队中的一艘。斯万特对于追溯杜娅被营救的过程起到了极大的帮助，他发动了全体员工找到了那天的三位船员，他们是船长弗拉迪斯拉夫·阿基莫夫、大副迪米特·兹比特尼弗和技师弗拉迪斯拉弗斯·达勒基斯，我提了一些问题，斯万特把他们的详尽回答传给了我。这些采访在时间上印证了营救过程，也给这个故事的讲述增加了细节，而那些是杜娅没法提供的——比如船长在另一艘商船鉴于糟糕的能见度和海上天气已经放弃的情况下，仍然做出了继续搜寻幸存者的决定，他们是如何听到她的喊叫并最终找到她的，他们对营救上来的人所采取的医疗措施，以及马拉克是怎么死的。

感谢希腊航空的飞行员约翰·弗拉戈吉亚都基斯和安东尼奥斯·科里亚斯，他们提供了营救杜娅和玛莎以及其他幸存者的细节，同时也提供了把幸存者们从船上吊到直升机上时拍摄的激动人心的视频。对他们来说，这种营救已经成了一种日常工作，但他们能够清晰地记起这次营救，是因为有一个年轻女孩和一个小婴儿已经处于垂死边缘，她们在地中海上漂了那么长时间还活着，几乎是一个奇迹。

真诚地感谢奥瓦希·帕特尔和戴安娜·古德曼的努力，通过和希腊、埃及和瑞典几方政府的交涉，杜娅终于能够和家人一起得到重新安置。感谢他们，因为他们的工作让杜娅获得了新希望。

由衷感谢"人在纽约"（*Humans of New York*）博客的摄影师布兰登·斯坦顿，以及作家卡勒德·胡赛尼和尼尔·盖曼的宣传背书，还有我的同事可可·坎贝尔对这个项目的强烈支持。

尽管我出于个人名义来写作此书，其次才是作为联合国的高级难民专员，但安东尼奥·古特雷斯（联合国秘书长）非常赞同这个项目，相信它可以作为一个非常好的沟通工具，来驱动对难民的理解和同情。我希望强调的是，这本书的绝大部分收益将捐给支持难民的事业。

作者后记

写作此书期间，正值欧洲难民危机几乎每天都出现在报纸头条的非常时期，联合国难民署的工作量也达到了历史最高水平。我是如此感谢我的丈夫彼得，还有我的两个孩子阿莱茜和丹尼，他们不仅毫不抱怨我把晚上和周末的时间都花在这本书的写作上，还一直在给我打气。